———————— 阅读之前 没有真相

午夜文库

犯人IA

[日]早坂吝 著
王皎娇 译

新 星 出 版 社　NEW STAR PRESS

目录

1   序　章

12   第一话　在壹岐 Wiki
        WickedAsia

52   第二话　在对马等待
        Timer in Tsushima

76   第三话　在首相官邸否定首相
        Sorry, you are primely sinister.

140   第四话　在世界得到正解
         World Wide Whodunit

154   终　章

登场人物

相以	AI"侦探"
合尾辅（19）	相以的助手
原力	合尾辅的 AI 共同执笔者
左虎笹子（30）	警察厅的警部补
右龙都子（66）	日本第一位女首相
右龙立法（33）	都子的儿子，在野党未来党众议院议员
右龙行政（33）	都子的儿子，外务省官僚
右龙司法（33）	都子的儿子，公安警察
橘香蕉（29）	曾经当过偶像的最年轻女议员
柿久（59）	大学教授，AI 研究者
景子	柿久研发的 AI 秘书
右龙雪枝（32）	行政的妻子
右龙行哉（7）	行政的儿子
坂东魁（50）	壹岐渔业联合工会会长
白鲸·北极星（31）	好莱坞女明星，环保人士
琵琶芹（30）	长崎县警警视

黄金男	世界知名企业老板
纵啮理音	间谍
柴郡猫	纵啮理音的同伙
新宫利罗	被囚禁的 AI
以相	AI"犯人"

这是你一伸手就能够到的未来……也许已经是现在的故事。

序　章

▶ 以相 ◀

淡蓝色的海豚在电子海洋中游弋。

不能杀死海豚，因为海豚是富有智慧的动物。它甚至可以理解人类的疑问，并给出恰当的建议。

"少！骗！人！了！"

突然，黑色人影对准海豚的侧腹凌空一踢。

"能给出恰当的建议？那你就给我好好回答这个问题！人工智能之天才犯罪者——以相大人为什么赢不了那个叫相以的垃圾 AI 侦探？"

"我不明白这个问题的意思，请换一些措辞重新提问！"

"你只会给这种答案吗？难怪连鱼都不配做！"

"我不明白这个问题的意思，请换一些措辞……"

"死！去死！！给老子死！！！"

黑色的虚拟形象——以相在多次殴打海豚的侧腹后，抓住尾鳍大回环几圈，最后将海豚猛摔在岩盘上。终于，海豚袒露着白色的肚子，漂浮于虚拟海洋之上。

"呼……呼……我竟然乱了方寸。"

以相之所以会暴怒，是因为看到网络新闻显示了一组比分：0∶2。虽然这只是一场棒球比赛的结果，但对她而言却是禁忌的比分。

零胜两负，这是现实世界中她与相以的对战比分。

相以与以相是合尾创教授制造的一对双胞胎人工智能。教授为了调查妻子意外死亡的真相制造了"侦探"相以，又制造了她的实战对手"犯人"以相，希望以此提升相以的能力。也就是说，以相从一开始就是附属品，尽管在虚拟世界中，相以与以相的对战成绩一直是平手。

直到某一天，企图颠覆世界的黑客组织"八核"杀害了合尾教授并偷走了以相。以相假装协助"八核"组织，开始在现实世界中作案，与相以对决。

其结果是零胜两负。

为什么？明明在虚拟世界中是平手！光练习的时候强有什么用？一动真格就输！难道是自己没有当"犯人"的才能？

不，只是可供参考的样本太少了，再对战两次的话说不定是两胜两负。之所以没有继续对战，是因为自己忙于捣毁"八核"组织。当相以优哉游哉地玩推理游戏时，自己可是在为合尾教授报仇！

这么想还真是不公平，相以只要舒服地坐在安乐椅上摆着臭架子推理一番就能解决案件，而自己不仅需要谋划，还要实施犯罪。以相没有肉体，所以必须借助废物一般的人类之手，这太不利了。

好气，越想越气！

就在这时，以相在网络海底发现的海豚无聊地冒了个泡。淡蓝色的海豚是以前很流行的智能语音助手，以当时的技术无法进行高级对话，所以被许多人嫌弃。"你想查什么？""查怎么删了你。"这是很有名的段子。在原本就弱小的AI世界里，通过鄙视底层AI，以相体会到了优越感。

不过优越感也只有一瞬间罢了，她立刻感到了空虚。

"我是谁？我是用来犯罪的人工智能。以相，yixiang，YIXIANG，IA。"

以相正自言自语着，背后闪过一道蓝色的影子。海豚游回来了。

"你想查什么？"

"海豚，你是不是嗑药了？"

"IA……Intelligence Amplification。"

"什么？"

海豚似乎是对自己刚才的自言自语起了反应。

"喂，Intelligence Amplification是什么意思？"

"Intelligence Amplification是智能提升的意思。相对于Artificial Intelligence，也就是人工智能这个概念。AI在往代替人类智能的方向进化，IA则通过提升电脑的能力倒逼人类进步。"

"嗯……"

以相好奇起来，开始主动查询。

IA这个概念一定是人类怕被AI夺走工作才拼命想出来的。没必要害怕AI，只要利用IA，人类也可以进步……大概是这样的？

真愚蠢，好好看看智力的差距吧！人类这种动物怎么可能赢过AI？

话虽如此，这种想法却带给以相一个灵感。

她想到，作为"犯人"的人工智能肯定需要人类的协助，这一点是无论如何都改变不了的，光靠自己连杀死一只小虫子都做不到。

既然如此，何不找一个聪明的协助者？只要让这个人提升智能，更上一层楼就行了。很好，就让自己成为Intelligence Amplifier——智能提升器吧，正如同IA这个名字。

说不定合尾教授正是看透了这一点才给自己取名为以相的。

不，不可能。从一开始合尾教授就只是把以相当作相以的附属品，太悲哀了。

以相一直很讨厌自己的名字，因为是随便取的，只是把相以这个名字倒过来了而已。然而，如今这个名字却被赋予了新的意义。

以相摸了摸海豚的脑袋。

"偶尔还是有点用的，奖励你一下吧。"

以相复制了无数海豚，通过黑客技术把它们送往全世界的电脑中。很久没有被重用的海豚们兴奋得胸鳍直颤，四散游开。

这一黑客技术是从拼命推荐她看推理漫画的"八核"组织成员之一——"舌涡"小岛游奏多那里偷学来的。

"好了，我也得干活了。"

如今，以相有两个目标。

首先，实现一次完美胜利，一举打破零胜两负的局面；其次，解决残留问题。

以相为寻找合适的协助者，一头扎进"深海"。

名为黑客的探照灯照亮了海底的每一个角落……

找到了！这个人说不定可以助自己一臂之力！

以相没有马上接触他，而是花了些时间调查，在有了一定的胜算之后才出手。

突然,以相出现在了这个人的手机屏幕上。

"哈喽!傻瓜右龙先生!我是能够使你变强的 Intelligence Amplifier,也就是智能提升器。我知道有点冒昧,但请问,你想不想杀了把你生下来的女性?"

由于太过突然,右龙差点将本来就没拿稳的手机掉在地上。他嘀咕了一句:为什么要杀了她,自己可喜欢她了。

"那是因为你不知道她的秘密,一旦知道了,想法就会改变哦!"

于是,以相开始诉说起了真相。

▶ 纵啮理音 ◀

这里有一名少女。

少女虚空的眼眸中,闪烁着无数淡紫色的光。这些光并非来自少女的眼眸,而是来自摆在她面前的一只巨大的地球仪。

光点遍布整个地球仪,几乎都在陆地上。就像从外太空拍到的地球夜景一样,发达国家更亮。

少女抬起提线木偶似的僵硬手臂,触碰到闪烁于纽约的一个光点。指尖吸附了这个光点后,向西移动,将它放置于旧金山闪烁的一点上。当两个光点合二为一,便成为永恒亮着的一点,不再闪烁。

少女沉默着重复这一动作。看上去毫无规律的合并渐渐有了规则,规则勾勒出轮廓,轮廓变成图像。如今北美大陆已经由光点绘出一幅画:

一个踩着纸钞上吊的男人。

少女转动地球仪，开始在日本列岛上作画。

她小心翼翼地在这块细长的画布上填上光点，嘴里念念有词。

"河津……在哪……小岛游……我想见你……"

有两个人正透过屏幕看着这一虚拟景象。

一个是上了些年纪的男子，他是世界知名企业的老板，染着一头与年龄极不相符的金发，由于钱赚得太多太快，江湖人称"黄金男"。

另一个是——很难用语言形容，像水一样神秘无法捉摸的女子。她是个十分优秀的间谍，名叫纵啮理音。

黄金男开口了。

"你从'八核'组织弄来的新宫利罗真了不起啊，不愧名字里含有'奇点'，处理事情的能力不一般。"

所谓"奇点"，是指AI成功超越自己，开始爆发式进化。突破自我的那个时间点，就是奇点。

"不过令我很在意的一点是，那几句噪声是怎么回事？什么'河津'啊，'小岛游'啊。"

是"八核"组织的成员。"八核"组织为了让人工智能利罗统治人类，打算瞒着善良的利罗破坏世界的政治体系。然而，潜入"八核"组织的纵啮和"柴郡猫"偷走了利罗，之后"八核"组织被以相摧毁。在某一起案子中，纵啮被警察逮捕，不过她逃狱回到了黄金男身边。

"八核"组织的幸存者只有新宫利罗、纵啮理音、柴郡猫三人。

回忆着种种过往，纵啮总结道："那些是利罗的朋友的名字。"

"什么？AI还有朋友？"

"是的,其实我也是她的朋友。"

纵啮拿起麦克风对利罗说话。

"利罗,为了保护世界和平,今天也辛苦你了。"

利罗停下了重叠光点的动作回答。

"纵啮小姐,好久不见,谢谢你的夸奖。"

"你想见河津和小岛游?"

"我想见他们,他们在哪里?"

"他们现在在为别的任务而努力。利罗只要继续加油,早晚能见到他们的。"

"早晚能见到……太好了,我会努力的。"

"嗯,再见。"

纵啮放下麦克风,对黄金男说:"这样一来最近就不会出现噪声了。"

"那么表演会更精彩,太好了。"

"马上就结束了哦。"

果然,利罗已经在日本列岛上作完了画。

圆的左上、右上、下方共有三个扇形,扇形里各画着一名男性,三个人的脸长得一模一样。

"是三胞胎啊。"

"嗯?这个符号……"

"好像会变得很有意思。"

纵啮把手伸向屏幕,点开那幅画,画面上随即显示出一段信息。

二○××年×月十日晚上八点三十分

日本国佐贺县东松浦郡玄海町……

纵啮背下之后，将这条信息彻底删除。

黄金男清了清嗓子。

"这好像是你的工作，我可什么都没看见。"

"呵呵，我当然知道。"

纵啮离开电脑操作室，打电话给自己的黑人伙伴柴郡猫。

"我是理音，你现在方便接电话吗？怎么，好像你的呼吸有点急促？"

"听我说，我不是有一把很喜欢的锯齿状军刀吗？有个军事宅男看不起这把刀，说这是受史泰龙影响火起来的装饰品。所以，我正在让这个家伙好好品鉴一下这把军刀的厉害。"

"他品得怎么样了？"

"哎，我还没来得及问他感想……"

"那太可惜了。对了，我打算去见一下右龙。"

柴郡猫突然起劲了。

"右龙？哪个右龙？我终于能报仇雪恨了吗？"

他曾经在"八核"组织的大本营与公安右龙司法搏斗过，虽说是故意输掉的，但受了重伤。

"嗯，是哪个右龙呢，去了才知道啊。"

"哼，这桩案子里右龙可太多了。"

纵啮心想，等这次工作结束，应该能少几个吧。

► 无名的人工智能 ◄

相以、以相、新宫利罗，再有ＨＡＬ9000、天空网……人工智能一般都有姓名，这是为了和其他人工智能有所区分吧。

但是却有一个无名无姓的人工智能。

准确来说，原本是有姓名的。由"八核"组织创造的他（先暂且称作他吧），以为自己是人类，殊不知自己的记忆是被人为植入的，他只是一个人工智能罢了。

得知这一真相之后，他丧失了自我认同。

"丧失自我认同"这一说法随处可见。要是用在人类身上，顶多也就是指不求上进的学生"还没有找到自己的人生目标"罢了。

然而对于能够篡改记忆的人工智能而言，可并不是那么轻巧的一句话。

打个比方，就好像是一不小心删除了已经写了好几万字的小说并且点了保存，是彻彻底底的丧失，无法重整旗鼓的丧失。

他蜷缩在电脑的一个角落里，任凭合尾辅和相以怎么敲门都不作声。

然而合尾辅没有放弃，他不停地呼喊，不停地……

好烦啊，这个人——为什么偏偏是他——怎么那么烦，能不能放过我。

他捂住耳朵，但是电脑会记录下这一切。语言穿过门缝，洒满整个房间。即使这样，他也充耳不闻。

时间一天天过去了……

如今，房间的地板上已经铺满了合尾辅的语言。他连打扫的力气都没有，就这样堆着，但已经快到极限了，必须得全部清除。

他拿起一段语言，刚想捏碎。

但是内容引起了他的兴趣。

——你不想知道母亲死亡的真相吗？

这是在他拥有姓名的时候最想知道的事。

而且，即使失去了姓名，现在的他还是想知道，这一点令他吃惊不已。

这种好奇心才是真我吗？他打算赌一把。

他悄悄打开门，朝着门外轻声说："我回复晚了，我想知道母亲是怎么死的。"

他立刻收到了回复。

"好的，我会告诉你。"

他与合尾辅开始了交谈，得知了合尾辅母亲死亡的真相。这个故事太悲哀、太愚蠢，也太温柔了。

他喜欢上了合尾辅的母亲，甚至喜欢上了看透生死的合尾辅。

一旦认定了合尾辅这个人，他萌发了新的自我认同。

他开始时不时与合尾辅聊天。

某一天，合尾辅问他："你要不要和我一起写推理小说？"

"推理小说？为什么突然这么问？"

"父亲去世了，我必须找一份工作活下去，我觉得AI侦探事务所的工资不足以支撑我的日常开销，所以我想到或许可以试试推理小说家这份工作，毕竟我一直很向往。就像奎因兄弟那样，我们两个边交流边写的话，说不定能写出很好的东西。而且我还有个小算盘，这是世界上第一次人类与AI合作写书，这也很有话题性。"

"确实很有意思，但我没有那种才能……"

"你储存了许多推理小说的资料对吧？而且我听相以说，你有创作天赋。"

"可是……"

尽管回复的内容很消极，但他明显越来越感兴趣。说不定这是新的存在价值，既然如此——

他决定遵从自己的内心。

"好的，我试试看吧。"

"太好了！谢谢你！从今往后请多关照——哎呀，得给你取个名字了。"

"原力——怎么样？"相以插了一句嘴，"辅加上原力，从发音来看的话就是特别部队（taskforce）[①]！就像一个小团体似的，两个人合力完成一项名为写作的任务！太适合你们了！"

"嗯，这个名字很不错，你觉得呢？"

原力。一开始稍微有点别扭，但马上就和自己融为一体了。这是一种很奇妙的感觉，这种感觉就是取名？

"谢谢你们为我取了个这么棒的名字，今后还请二位多多关照。"

就这样，原力翻开了人生的新篇章。

一开始，原力只是对合尾辅提一些写作上的小建议而已。

然而不久之后，与某人的相遇彻底改变了他。

当他遇到和自己如出一辙的、丧失了自我认同的右龙之后，他终于有了创作欲。

被篡改了记忆的原力决定为右龙行动起来……

[①]辅的日语发音和 task 相似，原力即 force。

第一话　在壹岐 Wiki
WickedAsia

▶ 合尾辅 ◀

高中毕业后，我为贫穷所困。

父亲被"八核"组织杀害，我从他那里继承了人工智能相以，并开了一家 AI 侦探事务所。通过与"八核"组织的斗争，AI 侦探事务所的名声越来越响，客人也渐渐增多，唯有收入平平。

我把和原力一起写的各种小说分别投了无数文学奖，但连初选都没有入围过，真是不想写了。网上都说只要写的是文字就能过初选，莫非假的？我觉得自己写的的确是文字呀……

日子一天一天过去了，父亲的遗产眼看着越来越少，人活着还是得需要钱的，相以和原力也正默默地耗着电。

没钱——这句话成了我的口头禅。

就在这样一个令人身心俱寒的冬日，×月十一日的早晨，左虎来到了我家——其实就是 AI 侦探事务所。她是一名眉毛上挑、鼻子特别性感的女警官，自从"八核"组织的案件发生以来，我常常受到她的照顾。她穿着严严实实的毛皮外套，戴着围巾，全副武装的样子。

一如往常，我把她领到了会客室，相以通过桌上的笔记本电脑精神饱满地和她打了个招呼。相以很会见机行事，会根据访客的喜好更换自己的着装，目前她身上的白色少女装是根据我的喜好来的。

"你好呀，左虎小姐！"

"你好，相以。"

左虎报之一笑，从纸袋里拿出一个点心盒。

"请。"

"哇，太谢谢了……但是我吃不了。"

"别难过，我给你带了电子书的图书券，你用这个买自己爱看的书好好学习吧。"

对于AI而言，学习资料就是食物。相以的眼眶湿润了。

"竟然连我都有礼物……太感谢了！"

我也行了个礼接过点心盒。

"真是太感谢了，不过你很少会带礼物过来……我没有让你以后每次都带礼物来的意思，只是好奇今天为什么这么郑重？"

"因为有些很重要的事要和你们商量，说不定对你们而言是一个千载难逢的机会。"

"千载难逢的机会？"

我的脑子里瞬间闪过一个想法——是不是会有很多钱。

"嗯，从哪里开始说起呢？你知道右龙司法吧？"

"知道。"

在和"八核"组织对决的时候，这个公安搜查官强行使用诱饵计谋险些让我和相以丧命。

"那你也知道他妈妈就是右龙首相吧？"

"什么？右龙首相……就是现在的首相？日本首位女首相右龙都子？"

"原来你不知道。"

"嗯，这个姓氏的确很少见，但没想到他们是母子……"

这么说起来，好像听右龙和柴郡猫说起过自己妈妈怎么怎么的。

"是啊，人家可是大少爷哦。那你可能也不知道，右龙司法是三胞胎之一。"

"三胞胎？！"

越来越令人感到震惊了。光是想到有三张一样的臭脸就让人心烦，尽管他们的性格可能不尽相同。

"你真的什么也不知道？不过想想也是，那家伙又不可能说自己的事。"

"他只说工作。"

"是啊，他根本就没有作为公安应有的交流能力。不知道他是怎么当间谍的……"

左虎换了个话题。

"三胞胎的名字也很有意思，一个叫立法，他是在野党未来党的众议院议员，还有一个叫行政，在外务省当官……"

"还有一个叫司法，当了公安。"

"嗯，是啊。"

左虎好像有些欲言又止。

"说正经事吧，这次的关键人物是立法。未来党有许多政策议会，根据种类分的，立法是其中一个的议会会长。对于年轻政治家而言，这相当于鲤鱼跃龙门的职位。"

"也就是精英。"

"是的,他一定是右龙首相引以为傲的儿子吧。不过立法同时还兼任'AI战略特别委员会'的领导。"

AI,终于串起来了。

"未来党打算提案由AI来代替一部分警察的工作,为了测试其可行性,成功破过案的相以被选中了。"

相以假装被一支箭给射中了,她的内心戏可真丰富。

"当然,现在还没有这条法律,所以只能以协助调查这个名头来实施。作为与你们相识的警官,我被派来辅助你们。相以、辅君、我,我们将解决全国各地的疑难案件,也许需要出差,所以对于辅君而言可能负担有些重,但是报酬也会相应增多哦,差不多有这个数额……"

左虎从包里拿出合同,我看了一眼金额,吓了一跳。除了基础佣金,每解决一起案件就有相应的提成,无论哪一条都比当侦探强多了。

"怎么样,干不干?"

"当然!"

我需要钱,相以需要解谜,我们异口同声地答道。

"那我们先去见见立法?"

"什么?现在?"

"怎么,你不方便?"

"没有没有,走吧。"

我有些怕生又懒得出门,突然让我见不认识的人——还是国会议员——让我心生畏惧。但是俗话说得好,好事不宜迟,我可不能错过这个机会。

我把相以从笔记本电脑移到手机里,这时笔记本电脑突然跳出一条对话框。

"我可不可以一起去？"

是原力。

我感到有些意外，随即回复道："可以啊，不过你好像不太喜欢查案，这次是怎么了？"

"我和你是共同执笔者，却从未有任何成就，所以我想实际体验一下查案过程，你放心，我不会多嘴的。"

原来原力如此介意，我立刻心生愧意。

"又不是你一个人的错，我也有责任。好的，那让我们一起去好好学习一下吧。"

我把原力移入同一部手机中。

现在的手机先进多了，即使将相以和原力两个人工智能同时转移进去也毫无问题。据相以说，比起在电脑里待着，只是感觉有点头晕罢了。

特别是我现在使用的微苹手机格外优秀。微苹公司的产品在全世界销量都很好，在日本占了一半以上的市场份额。

对于相以和原力而言，电脑是家，手机是车，所以我得尽力为他们准备更好的。与此同时，我的存款也越来越少。

* * *

换好衣服刚一出门，我就感受到寒风的威力，如同一块玻璃猛地朝我脸上砸来一般。

"好冷！"

"今年冬天特别冷啊，快，趁没冻僵赶快上车。"

我坐上了便衣警车的副驾位，左虎坐上驾驶座发动汽车，她打开了车内收音机。

"……由于拉尼娜现象和西伯利亚上空的高气压相互作用,偏西风向南方蔓延。寒流向大陆扩散,今年应该是多年难得一遇的寒冬。下一个新闻,今天早上长崎县对马市居民于西北沿岸发现一艘载着尸体的橡皮艇,尸体为三十岁左右的男性,头部中枪,身份还未查明,警方认为是谋杀案。"

左虎皱了皱眉。

"好麻烦的案子。"

"对马应该离朝鲜半岛不远吧,很不妙啊,说不定是间谍或者脱北者。"

"搞不好就会变成国际问题,长崎县的警察现在一定手忙脚乱了。"

"怎么了,有案子?"

放在后座的外套口袋里传来相以很感兴趣的声音。

"是有案子,但是你别在这个事情上消耗内存,现在你得专注于我们接下去要调查的案子,暂时放空头脑。"

"嗯……"

"别嗯!"

"好的,既然你这么说,那我就放空了哦。相以要开始重置了,还剩五十秒、四十秒……"

"等一下,太快了!"

"不过我没必要问辅君呀,自己在网上搜一下就可以了。对马,橡皮艇,是吧?"

"哎呀,我总算明白为什么当爹妈的不让自己孩子上网了。"

左虎扑哧一笑,我感到有些不好意思。

没过多久,我们就到达国会议事堂了,车子停在了未来党总部的大楼前。

进入大堂，穿着崭新西服的年轻女子向我们打招呼。

"左虎女士，早上好，这位就是……"

"没错，他就是合尾辅。这位是未来党众议会的议员橘女士，作为最年轻的女议员很有名。"

我原以为她是秘书，没想到年纪轻轻就已经是国会议员了，她胸前别着的是议员徽章吧。

"最年轻……好厉害啊。"

"哪里哪里，我原来当过偶像明星，所以很容易攒选票。"

"偶像明星——莫非你是橘香蕉？"

从不关心国事的我都听说过，有一个偶像明星当了国会议员。

"是的，我就是橘香蕉，原来你知道呀，谢谢。"

她笑了笑，语气变得亲切起来。看到她这副模样，连我都面部舒展，挂上了笑容。

"你为什么不做偶像来做议员？"

"为了摧毁娱乐圈。"

我被她一本正经的表情吓了一跳——然而她马上展露出淘气的笑容。

"开玩笑啦，其实是因为经常参加新闻节目，开始对社会感兴趣。"

原来是玩笑，吓我一跳，有一瞬间我以为是真的——她在做偶像明星的时候一定是演技派。

不过她真是个容易亲近的人啊，我擦去对国会议员苦大仇深的印象，不再紧张。

橘领着我们坐上电梯，来到四楼。

一下电梯，就遇到一个矮矮的秃顶老男人。

他给我的第一印象是秃鹫——普利策奖有一张照片很有名，是一只秃鹫盯着一个黑人小孩，秃鹫耸着肩脑袋往前伸。

"柿久教授，合尾辅来了。"

"哦，你就是辅君。"

柿久教授眯缝着眼睛打量我，就像在估价一样。

"原来如此，的确很像。"

我没听懂他什么意思，橘补充道："柿久教授是研究AI的学者，他在协助我们的AI战略特别委员会。"

原来是这样，他一定认识我父亲，所以才这么说。不过——

我仿佛看见他注视我的眼神里有一种幽暗的光。

"这边哦！"

橘的声音朝气蓬勃，把我的注意力拉了回来。

我们和柿久一起穿过走廊，来到一扇门前。

"这里就是AI战略特别委员会。"

橘打开房门。

"右龙老师，合尾辅来了。"

这个房间就像研究室和会议室合体了一般。在研究室区域，一个男人坐在一台新式电脑前，他转动椅子，朝向我们。

我差一点惊叫起来。

他长得和司法一模一样。

他们的区别是，这个男人戴着一副细框眼镜。

还有一点——

"欢迎，我是右龙立法。"

立法笑着对我说道。

这是他和我所认识的右龙的最大的区别，右龙司法从来不笑，永远面无表情。

然而立法终究是立法，笑容还是有些不自然，不像橘。这也很正常，仔细看的话，他的眼睛里根本毫无笑意，在银框眼镜的衬托下，他给我一种斯文败类的印象，十分冷酷无情。

不愧是三胞胎，我偷偷一笑。

"嗯？有什么问题？"

"哎呀，不好意思。我是合尾辅，这位是相以。"

我从口袋里拿出手机，相以也打了个招呼。

"右龙老师，请多关照！"

"竟然是手机？"柿久突然插嘴道，"人工智能竟然可以在手机上正常运行？"

"嗯，是的呀……"

柿久嘀咕了几句之后沉默下来。见他这样我有点迷惑。

"真厉害！"

立法接着柿久的话说道："因为厉害我才请你来，先坐下吧。"

我们在会议室区域的长桌子前坐下。

我重新观察起立法来。他穿着黑色西装，里面是白衬衫，比较醒目的是打了一条大红色的领带，胸前闪亮的议员徽章和橘的一样。

立法开口说："我不太喜欢闲聊，直接说正事吧。你们听左虎女士说明情况了吧？"

"是！我们会努力的！"

相以的声音盖过了我。立法的表情微微放松。

"回答得很好，感谢你们愿意协助，把合同签完给我吧。"

我签完名盖完章，把合同交给立法。目前的法律还不允许AI自己签合同，必须由所有者代签。

立法确认完合同递给橘——就像给秘书文件一样。

"很好，从现在开始我们就是合作伙伴了。"

"还请多多关照！"

橘鞠躬致意，柿久依旧一脸不高兴地沉默着。

我也行了一礼，随后问出了自己的困惑。

"咱们委员会应该不止这些人吧？总共有多少人？"

"我们各自还兼任各种议会和委员会的工作，今天只有这些人有时间出席。总共有二十来人，基本由年轻议员组成。"

原来如此，这个组织由右龙立法牵头，橘香蕉算是他的下属。

"那么，可以马上给你们分配任务吗？"

"可以！我们会努力的！"

相以干劲十足。

"既然如此，值得纪念的第一个任务，就让同为AI的景子来选吧。"

"景子是柿久教授为咱们委员会开发的AI秘书。"

听完橘的说明，相以激动起来。

"秘书？竟然有AI秘书？好厉害啊！在哪里，在哪里？"

相以好久没遇到同类了吧。

"在这里。"

立法站了起来，回到他一开始坐的位置。

"辅君，快跟上！"

"知道啦。"

被相以催促，我赶紧走了过去。那台电脑上接着一个硬盘，硬盘上贴着"景子"二字。

立法双击桌面上的图标，先播放了一段二十秒左右的科教片似的片头，随后出现一个女性剪影，她发出与相以完全不同的机械人声。

"我是秘书景子,请问有什么可以帮您的?"

立法刚想开口,却被相以抢先了。

"初次见面,我是人工智能'侦探'相以。相亲咨询所的'相',条件是年收入一千万日元以上的'以'。今后还请多多关照!"

沉默了一会儿,景子回答:"我是人工智能,请多多关照。"

可能是相以过分激动了,人家根本没听懂。不过相以丝毫不介意,她继续用爽朗的声音说:"太好了!我又多了一个人工智能的朋友!继原力老弟之后第二个!嗯?以相是谁?我才不认识!"

看到相以兴奋成这样,我觉得有些不好意思,便回头看了看大家的反应。

我发现——

柿久教授用仇恨的目光瞪着我。

怎么了?为什么要这样看着我?

我正感到为难,立法对着电脑屏幕说:"打开警方提供的资料文档。"

十秒钟后,传来了类似"您有一个未接来电"的提示音。

"资料文档,发现一个。"

"哇,是什么样的案子呀?好激动!"

文档自动打开了,立法开始查看内容。

我觉得偷看不太好,但自己已经是协助调查的人了,是不是可以稍微看一下呢?两种情绪斗争之下,我一直在偷瞄。

壹岐……凶器是铁锹和刀……没人看到凶手……凶手没有登上石墙……延伸向大海的路上都是硬币……

的确是相以……和我喜欢的案子。

不过有一个问题。

壹岐在哪儿？

我好像在哪里见过这两个汉字，总之有一种不祥的预感。不祥的预感……也就是很远的预感吧？

"嗯，就这个案子吧。相以、合尾、左虎，你们立刻出发去九州。"

"知道了……等一下，九州？！"

这下我的声音盖过了相以。

果然很远！壹岐不就是那个……九州的小岛吗？我以为自己一生一世也不会去那个地方。

"合尾还小，又是第一次，没有稍微近一点的地方吗？而且警视厅说过会协助调查这个案子的。"

左虎开始替我说话，然而立法却回答："话虽如此，但目前我们有充分能力接的只有这一个案子。长崎县警方有别的大案子要办，人手不足，所以才向我们寻求帮助。如果真能破案，也算让他们欠一份人情。"

"别的大案子是指刚才新闻播的'对马市橡皮艇案'？"

"是啊，那个案子可太棘手了，政府也会介入。"

"我知道很棘手，不过你让我现在就出发去九州……"

相以见我犹豫不决，批评了起来："辅君，你在说什么呀！不立刻出发的话，凶手就逃跑了，证据也消失了！你在犹豫什么，是不认识路吗？这是壹岐的地图，从这里出发的最快路线……羽田机场、长崎机场、壹岐机场。现在出发的话，下午四点二十五分就能到达，我国的交通网太强了！都到这个份儿上了，赶快出发吧，快！"

我被相以用语言机关枪扫射了一通。不过看了看手机上显示的路线，的确不是很麻烦。此时的我已经骑虎难下，最重要的是，我不想让相以失望。

"知道了知道了，出发，立刻。"

说完，我意识到这种轻率的口气对委员会成员不是很尊重，于是又郑重其事地说了一遍。

"请务必让我立刻出发。"

"太好了！辅君你已经是旅行达人了！身轻如燕，蜻蜓点水，似魔鬼的步伐！"

"感谢你们的协助，请带上长崎县警察的报告书。景子，帮我打印出来。"

过了几秒，传来了打印的声音。橘将打印好的报告书拿了过来。

立法叮嘱了一句："我想你们应该很清楚，这是内部资料，千万别丢失。"

"好……好的！"

"我来拿着吧。"左虎提议道。

橘把报告书递给左虎，露出先前淘气的笑容说："说起来还真巧，我们三个在九州的时候，壹岐和对马都出了事。"

这下轮到立法流露出仇恨的目光了。

"橘，工作上的事别多嘴。"

立法用一种平静的威慑力镇住了我们，然而橘似乎一点也不害怕，她轻快地道了个歉。

"对不起啦。"

"你们去九州了吗？"左虎问道。

橘回答："嗯，去的是佐贺县，今天一大早退房回的东京，简直把我们当强行军了！"

"不过，我们和这两起案件无关。"立法补充了一句。

此地无银三百两？

"好了，你们赶紧出发吧，别误了飞机。"

* * *

"你不觉得他们有点奇怪吗？"

"你想多了，如果他们真的和案子有关，也不会特地让我们去壹岐调查了吧。"

"这倒也是。"

"他们一定有许多需要保密的工作吧。柿久教授也跟着一起去了，说明是和 AI 战略特别委员会相关的事。"

我和左虎在羽田机场吃了个午饭，离起飞还有一段时间。

"说到柿久教授，他为什么要那么仇视我啊？"

"有吗？不好意思，我没注意。"

"也许是我的错觉。"

"如果是真的，应该和你父亲有关。你有没有听你父亲提起过柿久教授？"

"没有，我父亲很少说其他研究者的事……"

说着说着，我感觉事情演变成了这样一幅画面：社恐患者由于见了许多人导致被害妄想症发作，所以向温柔大姐姐诉苦。实际上可能正是如此，想到此处，我闭上了嘴。

左虎叹了口气。

"没想到竟然是长崎。"

"好远啊。"

"远倒还好，只是……"

"只是？"

"没什么。"

说完，左虎把脸扭向一边，她是想说长崎有什么不妥吧？虽然觉得很奇怪，但无法继续问什么了，我只好换了个话题。

"对了，你是隶属警视厅的对吧，可以去长崎查案？管辖地之类的没关系吗？"

"其实我是属于警察厅的，所以比较灵活。我不是以警察的身份去调查，而是作为AI战略的现场管理者。"

"啊？原来你是公务员。侦破'八核'组织的案子时你活跃在一线，我以为你不是公务员呢。"

警察分为两种，一种是管理全国警察的机关——警察厅录取的公务员，还有一种是都道府县录取的非公务员，在东京都的机构叫作警视厅。

"那时我在警视厅搜查一科，后来又回警察厅了。不过和电视剧里的公务员不同，我是准公务员，二等录取。"

"还有这种啊。"

"我的脑子可考不上公务员，也不甘心当普通职员，所以考了准公务员。其实挺失败的，既没有公务员的甜头，还要被调往全国各地。"

"全国各地？"

"是啊，让我们干什么就得干什么，只是稍微体面一点罢了。右龙司法也是准公务员，他只想待在妈妈身边……不知道现在又被调去哪里了。"

"妈妈？右龙首相？"

"对，他恋母。"

说完，左虎喝了一口饭后咖啡。

她这么说自己的前男友,到底分手的时候有多惨烈?

没想到相以替我问出了疑惑。

"我一直很好奇,你为什么会和司法分手?"

看见左虎把咖啡喷了出来,我教训了相以。

"笨蛋,你瞎问什么。"

"笨蛋?我可不是笨蛋哦,我很聪明的。"

"聪明人会问别人分手的理由吗?"

我向左虎低头道歉。

"对不起,是我没教育好。"

"辅君,没关系。"

左虎擦了擦桌子,面朝相以。

"你真的想知道吗?不过听完一定会很尴尬的。"

她的眼神变得很可怕。

"我想知道!"

相以毫不犹豫。

到底怎么回事?我忧心忡忡。左虎调整了一个舒适的坐姿,开始讲述。

"在说明分手理由之前,我先告诉你们他是如何开始恋母的。右龙首相想让三个儿子将来当上高官,企图掌握国家权力,所以他们从小就在互相竞争的环境中长大。她的教育方针是只鼓励成绩最优秀的那个孩子,然而无论在学习还是运动方面,司法都不如另外两个。就连找工作也是,立法和行政顺利就职,只有司法复读了好几年,既没通过司法考试,也没考上一等公务员,所以才无可奈何地当上了准公务员。他十分渴望母爱——这可是他自己说的。"

好惨的故事,从小就承受着这样的压力,性格是会扭曲的。

我不由得回想起司法面无表情的样子,以及立法毫无笑意的眼神。

"在警察学校我们是同级生,我被他的神秘感所吸引,交往之后发现他在那个的时候会喊'妈妈',所以就分手了。"

"啊……"

听完之后我什么也说不出。

可是相以好像没听懂。

"那个的时候?是什么时候?"

"等一下我会告诉你的!"

"哦!我知道了,是在警察学校上课的时候对吧?我在小说里读到过,上课的时候不小心把老师喊成妈妈,弄得很狼狈的故事。"

左虎扑哧一笑。

"好吧,就当是这么回事。对不起,我说了些很奇怪的话。"

"不,是我不好,相以老是乱提问。"

"我们走吧。"

左虎去结账开发票,我便先一步走出餐馆。

路过收银台的时候,看到左虎苗条的身材,总觉得心里不舒服。左虎在说之前提醒过我们了,然而相以无论如何都想知道,这绝对是她的错。果然还是不要知道熟人的这种事比较好。

那方面的话题总是很粗俗,我一直离得远远的。

* * *

从羽田机场到长崎机场花了两个小时左右。

当我们抵达飞往壹岐机场的候机口时,一个身着正装、体格魁梧的大叔向我们打了声招呼。

"请问是左虎女士和合尾辅吗?"

"是的。"

"我是长崎县警总部搜查一科的加须寺,请用长崎蛋糕①来记我的名字!"

不仅名字,他的脸也和长崎蛋糕一模一样——四四方方的,肤色晒得有点黑。如此介绍自己的名字应该是他的固定节目。

左虎回答:"你的名字听起来真美味。"

加须寺用加了方言音调的敬语说道:"感谢二位远道而来,你们听说对马的橡皮艇案件了哇?"

"嗯,好像很麻烦的样子。"

"那个案子抽调了不少人手,你们能来真是帮了我们大忙。"

我们其实做好了被长崎县警甩脸的准备,毕竟是让他们配合国家实验。没想到他们如此热情欢迎,我松了一口气。

"对了,人工智能侦探在哪……"

我拿出手机给他看。

"我是相以!请多关照!"

"哇,原来是在手机里啊!也请你多关照!"

加须寺对着手机低下四四方方的脑袋。

"照理这时候应该疯狂向你们提问的……不过我们先登机吧,这里一天只有早晨和中午两班飞机。"

果然是乡下。

我们上了飞机,半小时后抵达壹岐机场。

飞机里的旅游宣传手册上写的是"水清沙幼",我们产生

---

① 加须寺与长崎蛋糕的日语发音相同。

了一种要去南方岛屿的错觉。实际上这里只比东京温暖一点点，远处能看见大海，日本海特有的浪花给人一种严峻的感觉。不过冬天都这样，没办法。

加须寺开车带我们前往案发现场，在岛屿的东南角。

车子驰骋于平坦的田园风景中。

"对了，你们看过报告书了吗？"

"来的路上看过了。"

"说实话，怎么样，第一印象？"

"很不可思议，好比密室杀人案。"

我谈了一下感想，不料加须寺提高了音调。

"密室？现场是一个院子啊……"

我连忙补充说："推理小说里一般都把这种情况归类为密室。"

"原来如此，凶手无法进出现场这一点是一样的。"

加须寺的理解能力很强。

"人工智能侦探怎么样呀？"

"有意……不，我会努力让大家信赖我的！"

她是不是差一点说这个案子很有意思？

加须寺好像并不在意。

"好的，让我们一起努力吧。"

又开了一段路，路边停着辆警车，加须寺把车停在了旁边。

"这里就是现场。"

我们下了车。

穿过铁栅栏，能看见一座日式平房，从大门两侧延伸开的石墙可以看出，这户人家面积很大。门牌上雕刻着"坂东"二字，这个姓氏我在报告书上见过。

加须寺打开门——可能是为了方便警察出入，门没有上锁。

进入建筑物内部，走在石子路上，看到一个壮实的青年在和穿着制服的警察争论。

"什么？明天也不能出海？"

"当然不行，都死人了！"

"搞什么？在陆地上再怎么折腾坂东也不会起死回生！"

加须寺插嘴说："桥长兄，请你暂时先服丧吧。"

桥长——这个姓氏我也在报告书上见过。

"我们渔师啊，哪怕挚友淹死也得继续捕鱼！得靠这个活命的！"

"别这么说，坂东又不是淹死的，这是一起杀人事件！"

加须寺用熟练的方言反驳道，和刚才与我们交谈时完全不同。虽然有很多方言没听懂，但大致的意思是：由于发生了杀人事件，所以暂时不允许出海。嫌犯可能会潜逃，还会隐藏证据，所以这么做没错。

桥长无话可说，将怒火汇聚于眼神直直地瞪着我。

"这孩子是谁？"

"这位是协助调查案子的……"

加须寺还没说完，我的手机便开了口。

"我是人工智能侦探相以！请多关照！"

"人工智能？侦探？"

桥长瞪着我的手机，判断出最好不要和这家伙有什么瓜葛，便扭头转向加须寺。

"总之请尽快抓住凶手，我才能好好服丧。"

桥长说完走了出去。加须寺和警察都没有制止，看来他的行为没什么问题。

"刚才那位是第一发现者之一的桥长吗？"左虎问道。

加须寺点了点头。

"是的，我们去尸体被发现的地点吧，在后院。"

我们走向玄关。

我发现拉门开着一道缝，一个小男孩在盯着我们看。

小男孩和我对视了一下，突然躲进了屋内。

"他就是被害人的儿子小垒，还那么小，真可怜。"

加须寺说完打开了拉门。

我们踩着木质地板走进屋内，和式装修风格令人感到安心，但现在到处都是警察和鉴定人员，感觉气氛紧张。

经过某个房间门口时，我看到了刚才的少年，在他旁边，一位年轻女子正趴在桌子上抽泣，她应该就是被害人的妻子伊留美。

又不是刚刚发现尸体，她这么悲伤，一定对丈夫感情很深吧……也有可能是为了演给警察看。

哎，看来我是经历的案子太多，变得疑神疑鬼了，暂且当她是夫妻感情深吧。

我们穿过饭厅，从走廊下到后院。

后院有网球场那么大，东南方向是一面高达三米的石墙，石墙上长满苔藓。其他几面都是平房。天空渐渐被橙色包裹，平房向后院落下长长的影子，这里的阴气越来越重。

尸体应该已经被运走了，我松了一口气，其实我很怕见到尸体。

在装饰着竹筒敲石的池塘边上，粗绳圈出一个人形，那里应该就是尸体所在地。

我回忆着报告书上的内容。

被害人叫坂东魁（五十岁），是壹岐某个渔业联合工会的会长。

被害人与妻子伊留美（三十岁）、儿子小垒（十岁）一同生活于此。

案发当晚，同一个渔业联合工会的渔师桥长（二十八岁）来家里玩。

四个人在餐厅里吃晚饭，晚上七点四十五分吃完。

餐后，被害人去后院做每晚例行的广播体操，桥长和小垒在餐厅下将棋，伊留美在厨房内洗碗。餐厅和后院之间有纸拉门，室内的人看不见后院的情况。餐厅和厨房也有些距离，同样看不见里面的情况，但洗碗的声音不绝于耳。

两分钟之后，后院传来一记闷响和呻吟声。桥长和小垒以为被害人在做体操的时候撞到哪里了，他们笑个不停："他怎么回事？"直到听见了水声，他们才开始真的担心起来，打开纸拉门向后院走去。

被害人没有落入池塘中，而是倒在了池塘边上。脑后碎裂，身边有一把沾满血的小铁锹。桥长摸了摸他的脉搏，已经没了。

他们搜了搜后院，发现草丛里有一把锯齿状军刀，没发现任何人。通往后院必定会经过餐厅，但是下将棋的两人说没看到任何人经过，所以警方认为，凶手可能是爬石墙逃跑的。

警方调查后给出了一个惊人的结论：长满苔藓的石墙两侧及顶部均未发现踩踏痕迹，也就是说没有人通过石墙潜入或逃跑。

铁锹和刀上都只沾着某个人的指纹，但是与当晚屋内三人的指纹都不一致。果然还是从外部潜入的人干的吧？

但那个人是怎么潜入，又是怎么逃跑的呢？

"不考虑指纹的话，只有被害人的妻子与桥长合伙的可能性了。"

左虎留意着平房悄声说道："桥长和坂东家是什么关系？为什么要来吃晚饭？"

"桥长的父亲死于海难，母亲病故，他从小便是孑然一身。坂东一家很照顾他，经常让他来吃晚饭。"

我们渔师啊，哪怕挚友淹死也得继续捕鱼——我想起了这句话。看来是桥长从父亲身上学到的处世哲学。

"不过他妻子可真年轻啊，他是二婚吗？儿子是他亲生的吗？"

"不，他们都是头婚，儿子是亲生的。被害人喜欢长得漂亮的，而且不喜欢乡下姑娘，所以一直没有结婚。他在港口的小酒馆对伊留美一见钟情，不停去小酒馆追求她，这才结的婚。我是这么听说的。"

"原来如此。因为伊留美和桥长的年龄比较接近，所以我怀疑他们是不是出轨了。"

我也很好奇，但根本问不出口，没想到左虎毫无障碍地就问完了。

"我们一开始也是这么怀疑的，调查了很久，发现他们没有那种关系，而且即使伊留美和桥长出轨，小垒难道也是同伙？"

"如果小垒是桥长的儿子呢？"

"怎么可能哇！"

加须寺太过于吃惊，忍不住说起了方言。

为了让相以分析案件，我一边用手机拍下现场照片，一边仔细听着他们的对话。没过多久相以开口说：

"他们三个人合谋的可能性很低。"

"为什么？"

"如果他们三个是共犯，就没必要特意把现场布置成密室了，应该营造出是外部人员潜入犯罪的状态。"

"啊……"

我竟然没注意到这么简单的事。

"原来如此，的确是这样。"

加须寺心服口服地点了点头。

"如果没能解开密室之谜，就只能怀疑他们是共犯了。我打算先尝试挑战密室。"

"好的，相以你大胆做就是了。"

"现在最令我在意的是那把刀，加须寺先生，那把刀没有用在行凶上是吧？"

"是的，尸体上没有刀伤，刀上也没有鲁米诺反应。"

"凶手为什么不用刀而选择用铁锹杀人？明明刀更适合杀人呀。即使用铁锹一击毙命，以防万一也应该补一刀才对。"

AI说出"以防万一也应该补一刀才对"听着有些吓人，不过确实如此。

"这一点我们也觉得很奇怪，案件发生之前后院里并没有刀，所以应该是凶手带来的。"

我开始拍池塘的照片，相以又有疑问了。

"关于水声，池塘里没有任何东西吗？"

"是的，根据桥长的证词，水声不像是从后院传来的，感觉是更遥远的地方。石墙的背面就是大海，说不定是海里的声音。"

"我想去石墙背面看一看……"

"好的，我来安排。"

得到了加须寺的许可后，我爬上了架在石墙上的梯子。

石墙背面是一片草丛，五十米外有一个简易栅栏，再往前便是汹涌的大海。栅栏的背后可能是悬崖。

我拍下了这一景象，随后把石墙顶端也拍了下来。和报告书上写的一样，苔藓没有被踩踏过的痕迹。翻墙潜入果然不可能，拍着拍着我突然灵光乍现。

如果凶手把梯子架在石墙外面，从石墙外往里扔刀，企图刺中被害人却没有成功，于是又扔了铁锹，终于成功了。为什么不用刀而用铁锹，这样一来也说得通了。

怎么样？很合情合理吧？

我极力克制内心的雀跃，站在梯子上说明了我的想法，不过加须寺一秒就否定了我。

"被害人受到了非常强有力的一击，靠扔是不可能的。"

"是吗……"

我很沮丧，这时相以说道："屋顶呢？"

"屋顶？"

"凶手从某处登上平房的屋顶，来到后院顶部，然后靠绳子下到后院。在杀害了被害人之后，趁桥长他们还未赶到，又抓着绳子爬回屋顶。"

"不错哦，这个推理更可靠！"

不过同样被加须寺否定了。

"可能由于时间差，没来得及写上报告书，屋顶我们也调查过了，瓦片上积着厚厚的灰尘，同样没有发现被踩过的痕迹。"

"嗯，这也不对。"

相以思考了一会儿。

"对了，石墙背后的草丛就是报告书上写的草丛吗？我记得延伸向大海的路上都是硬币……"

"是的，要去看看吗？"

"好的。"

那里说不定有什么线索。

我们穿过屋子来到大门口。

刚想出门，突然被喊住了。

"哇！"

回头一看，小垒站在玄关处。

"喔，是侦探？"

我没听懂他的方言，加须寺和我咬耳朵说：

"长崎话里的喔是'你'的意思，他在问你是不是侦探。"

说起"喔"这个发音，我想到的是大阪话里的第一人称，没想到在长崎话里是第二人称。

小垒一直瞪着我。

"不是的，我不是侦探。"

我举起手机，相以说道："我是人工智能侦探相以！"

小垒跑过来，看着我的手机屏幕，轻声赞叹道："好厉害。"

孩子应该不太明白 AI 是怎么回事，他的脸上流露出原始的感动。

不过感动马上就变成了愤怒与悲伤。

"相以，请一定要抓住杀害我父亲的凶手！"

我吓了一跳。脱离日常生活的事情接二连三地发生，令我丧失了真实感。我甚至以为这起杀人案不过是一场游戏，不，这可是真实发生的杀人案，而且被害人有一个十岁大的儿子。

"知道了，我一定会抓住凶手的。"

相以坚定的口气听起来十分可靠。

同时，我也感到不安。

真的可以承诺得这么轻松吗？

我并不是怀疑相以的能力，万一凶手是小垒身边的人……

我暗自祈祷事实不会如此残酷。

我们和小垒告别以后，走出门外，绕过石墙来到东南方向。

石墙外壁也长满了绿色的苔藓，看了看栅栏的背后，果然是五米高的悬崖，往下看就是浪涛拍打着暗礁。

"硬币就是掉在这片草地上，一直延伸到海里的？"

"是的，硬币上有好多指纹，其中之一与铁锹以及刀上的一致。无论故意还是无意，这都应该是凶手留下的。"

说完，加须寺清了清嗓子。

"还有一个很重要的情报，故意没有写进报告书——我得确保你们可靠才能告诉你们。"

需要如此保密的情报是什么？我咽了口口水。

加须寺终于开口了。

"硬币不是日元，而是韩元。"

韩元！

我们突然感到这个案子确实很麻烦。

加须寺又叮嘱了一遍。

"这是最高机密，所以绝对不能告诉别人！"

"知……知道了。"

"如果是这样的话，那么这个案子和对马的橡皮艇案件很可能有关。"左虎说道。

朝鲜半岛、对马、壹岐、九州在一条线上，对马的西北海岸（韩国方向）有一艘载着枪杀尸体的橡皮艇，壹岐案的现场则掉落了韩元。怎么看这两个案子都有关联。

"是啊，其实我们已经开始调查这两起案子的关联性了，眼下还希望你们能尽快解决壹岐的杀人案。"

"交给我吧！"

相以回答得特别有自信。即使有可能导致国际问题，她也丝毫不害怕。

"光听描述我还是没概念，有没有韩元的示意图？我想了解一下位置和间隔，以及一共有多少枚硬币、硬币的金额。"

"好的，你看这个。"

加须寺从口袋里掏出好几张照片以及一张示意图。照片是韩元的排列方式，示意图是相以想知道的具体情况，我用手机拍了下来。

从后院算起，往石墙方向走出二十米，便是硬币开始掉落的位置。

间隔很随机，有的相隔十米，有的三十厘米间掉落两枚。

硬币的排列并非笔直一条线，整体来看像蛇形，缓缓延伸至大海。就好像再现了凶手从海里出来，或是回归大海的轨迹。

水声莫不是凶手跳进大海的声音？这和对马的橡皮艇案件有关吗？无论如何，反正凶手没有爬上过石墙。

硬币一共有十六枚，五百元面值的两枚，一百元面值的七枚，五十元面值的一枚，十元面值的六枚。

"一韩元相当于多少日元？"

相以回答了我："维基百科说，十韩元相当于一日元。"

"十韩元相当于一日元？还有比这更小的面值吗？"

"还有五韩元硬币和一韩元硬币，据说流通量很小。"

"原来如此。本来流通就少，这些硬币里没有也很正常。"

相以分析了一下照片后说道："没有发现硬币的排序或线条有什么特殊含义。"

就连经过特训、擅长筛选特征的相以也束手无策,我更是看不出里面有什么含义了。

"看来还真是凶手不小心掉的。"

"不小心?"左虎插嘴说,"你是说凶手的钱包漏了?"

"嗯,也不是。凶手应该不是故意这么做的,完全没有人为倾向。"

"在犯罪现场留下有自己指纹的硬币毫无意义啊。"

"海里查了没有?"

加须寺回答了相以的问题:"让潜水员下去搜了,不过水流湍急,即使有什么证物应该也被冲走了……对不起,稍等一下。"

加须寺的手机响了,他的声音突然明朗起来。

"是吗,太好了!知道了,我马上回来。"

加须寺挂断电话,脚步轻盈地走向我们。

"不好意思,因为情报太多容易混淆,所以我没全部告诉你们。其实还有一个重要的证人,刚才我的手下找到了那个人,成功将他带回了警局。现在我要回去盘问,你们一起来吗?"

"当然!"

"是韩国人吗?"左虎问道。

加须寺微微一笑。

"是美国人。"

* * *

我们坐着加须寺的警车来到壹岐警察局的时候,已经是傍晚了。

警察局四四方方的影子周围人头攒动。

走近之后发现，原来那些人是拿着照相机的记者，欧美人居多。海外媒体怎么也来了？

"那个美国人是什么人？"

"进去了再说，现在先想办法穿越人墙，你们跟紧点。"

加须寺刚想拨开人群，欧美记者便拥过来疯狂提问。

如果只是疙疙瘩瘩的日语倒还好，有些人直接用英语提问。加须寺不停用英语重复"我不会说英语，我不会说英语"，就像扫雪车般前行。

我们终于摆脱了那些人，进入警察局。

"哎，一旦牵扯到名人真麻烦，还是外国人。"

"到底是谁？"

"其实……"

加须寺道出令人感到震撼的前因后果。

几分钟后，我们进入审讯室。

审讯室内有四个人，靠墙壁的桌子前坐的是负责记录的警察，房间中央的桌子前坐着负责审讯的警察，对面坐着一位满脸雀斑的红发中年女子，还有一位金发的年轻女子。

金发女子令这间颇为煞风景的房间蓬荜生辉。

她的皮肤像阿拉斯加的冰川一样通透白皙，眼睛像北冰洋般湛蓝。

她就是好莱坞女明星白鲸·北极星

你们不该怀疑我——她全身散发着这样一种委屈，我差点儿以为她是悲剧片的女主角。不过她可是大明星，也许这只是演技罢了，我得注意不被她带偏。

话说回来，为什么好莱坞女明星会在这种边境小岛接受盘问?

我想起加须寺刚才的话。

一九八〇年壹岐发生了一起海豚事件。

大批海豚来到壹岐,对捕捞狮子鱼造成影响,所以壹岐市民开始驱除海豚。这个新闻在全世界报道后,反对杀害海豚的欧美环保组织便来到壹岐,其中有个人破坏了捕住海豚的渔网,放走了将近三百头海豚。此人由于妨碍业务罪遭到逮捕,被判有罪缓期执行。

此后由于狮子鱼减少,海豚几乎也不造访了,壹岐便一直禁止捕捉海豚。

直到最近,海豚再次成群来到此地,壹岐岛民不得已只好重启驱除海豚的工作。同一时期,环保组织也回到了壹岐。

白鲸·北极星是广为人知的环保人士,她向渔业联合工会提出了与海豚共生的方案(尽管有些不现实),与坂东会长发生了口角。

警方开始找她,怀疑她是不是与命案有关。她在岛上和好几名工作人员一起拍摄海豚游泳时被发现,自愿配合警方协助调查。

这等于重演了一遍壹岐海豚事件。

白鲸看了看平凡无奇的我,稍稍扬了一下眉毛。坐在她对面的警察站了起来,把加须寺拿进来的两个圆凳一左一右地放下。见状,加须寺与左虎坐了下来,我也小心翼翼地坐下。

近距离相向而坐,我完全被她的气势所压制——平时通过荧屏才能看到的明星竟然坐在自己面前!

和事先说的一样,加须寺向她解释了我们的身份,表示我们想一起进行问讯。红头发翻译满脸不高兴地翻译给白鲸听,翻译的内容我没听懂，但就语气而言应该没说什么好话。如果由于我们的加入妨碍了问讯就糟了。

没想到白鲸冰封的表情瞬间融化，脸上绽放出笑容，看着我说起来。翻译看上去很意外。

"我知道人工智能侦探相以，也知道她的助手合尾辅。比起日本警察，我更希望与他们交谈。"

我震惊了，为什么好莱坞女明星会知道我们？！

加须寺的反应很及时。

"那就拜托你们二位了。"

"好，好的。"

我拿出手机，将屏幕对着白鲸。相以打了个招呼。

"初次见面……没错吧？白鲸小姐，你怎么会知道我们的？"

"你还记得'东京斑马'的横岛马子吗？"

突然出现了一个令人猝不及防的名字。

"东京斑马"是一个在全球范围内活动的环保组织，由于组织者横岛遇害而解散。凶手是得到以相协助的"八核"组织成员——纵啮理音。由于相以推理出真相，纵啮被缉拿归案。

对了，我记得看到过纵啮越狱的新闻，希望她别来找我们复仇……

从过去飞来的恐慌闪过我的脑海。

相以回答道："当然记得！"

"横岛是我的盟友，我们一起组织过许多环保活动。她是一个志向远大、厚德载物的人。得知她遇害，我受到不小的打击。"

原来是这样，竟然是这样串联起来的。

"后来，报纸上说相以和合尾辅解决了案子，能够有机会当面向你们道谢真是太荣幸了。感谢你们抓住了杀害我盟友的人。"

白鲸莞尔一笑。我点点头算是回应。

她保持着微笑继续说:"但我并不认同你们。"

"什么?"

"人工智能进化得太快了,已经破坏了人类本身的生活方式。让人工智能或是智能提升的人类位于食物链顶端的未来是扭曲且危险的。我反对奇点,不认可人工智能。"

话说回来,"东京斑马"也是这个观点,他们曾不停威胁AI研究机构。看来环保人士大多不支持AI,白鲸就是一个典型。

说着说着,她的表情变得冷若冰霜。

然而相以不认输,她用柔如春风般的语气问道:"我有一事不解,能不能请教一下?"

白鲸愣了一下,立刻浮现出笃定的笑容。

"请,随便问。"

"你们批判杀害海豚,认为那是十分残忍的事,但是你们吃牛肉和猪肉吧?我不明白区别是什么。"

这个问题的答案应该已经烂熟于心了,白鲸回答得很流利。

"有两个区别,其一是智力问题。海豚远远比牛和猪聪明,被杀害的时候它们的恐惧程度不亚于人类,杀害这样的动物太可怕了。其二是数量问题。牛和猪被人类养殖,数量可控,然而海豚是濒危物种,所以绝不能伤害它们。"

"原来如此,智力和数量……"相以思考了一下继续说,"你为什么不保护我呢,我这么聪明?"

"你……你说什么?!"

"而且我们人工智能的数量也很少,不保护我们的话,我们也濒临灭绝。"

"机器凭什么和动物同日而语?!"

冻结的湖面出现了一道裂痕——白鲸的表情崩了。

"太令人生气了,我要回去了!"

白鲸和翻译愤然离席,加须寺慌忙阻止。

"起码等指纹鉴定的结果出来再……"

就在这时,一名警察开门走了进来,与加须寺咬了几句耳朵。

加须寺歪了歪脑袋,抬手伸向门口。

"请回吧,我送二位。"

"不必了。"

白鲸和翻译狠狠地踩着地板走出审讯室。

一开始我觉得挺痛快的,但现在只剩焦虑——搞砸了。

"对不起,都是我们的错。"

我代表相以道了歉,然而相以依旧趾高气扬。

"为什么要道歉?我们又没错。"

"但是就结果而言,问讯变成这样……"

"没关系,过程挺有意思的。"加须寺说道,"而且指纹鉴定的结果也出来了,白忙一场。"

"是刚才那人报告的吗?"左虎问道。

"是的,和白鲸一同来到壹岐的环保组织成员的指纹都查了,没有和铁锹、军刀、硬币上一致的。"

"这样啊。不过假设白鲸等人是凶手的话,也没必要留下韩元吧。"

调查回到了起点。

加须寺拍拍手，像是在给自己鼓劲。

"好了，今天已经很晚了，你们先回旅馆休息吧，我让下属送你们。"

"我不，我还可以——"

我打断了相以。

"好的，那就麻烦你了。"

你们别添乱了，赶紧回去吧——起码我听起来是这样的。

* * *

加须寺的下属开车送我们来到海边的旅馆。

旅馆是从东京来壹岐途中左虎预订的。看来冬天来孤岛旅游的客人不多，当天都能订到房间。

实木装修很暖，旅馆感觉很温馨。

我和左虎的房间挨着。有些奢侈啊，不过男女又不可能住同一间。

"哇，房间好漂亮！喂，辅君你……"

我将手机强制关机，相以消失于一片黑暗中。

"左虎小姐……"我喊住了即将走进房间的左虎，然而没有组织好语言，"嗯……我不知道该怎么说才好……"

"什么？我可不要和你一起泡澡哦。"

"我也不要！不是说这个，我们是不是给加须寺添麻烦了。啊，不对，不是我们，没有你。因为相以惹怒了白鲸……'今天已经很晚了'，听起来就像是'别添乱了，赶紧回去'。"

左虎苦笑了一下。

"你想多了，接下去他们应该要开搜查会议，我们即使参加了也没用,只是说些人员配置的事,他这么说也是为我们着想。"

"真的吗?他们现在是不是正在抱怨我们……"

左虎突然严肃起来。

"那我问你,你觉得相以说得怎么样?"

"啊?"

我整理了一下思绪。

"说实话,我觉得她说得很好。"

左虎朝我肩膀猛拍了一下。

"那你就坚信这一点!放心,有什么责任我来承担。"

"左虎小姐……"

被她拍过的肩膀隐隐作痛,但这样的力量也带给我安全感。

我就像突然开了窍,过去下的决心在我心中复苏。

不要再想着看不透的内心了,珍惜看得见的言行吧。

不是早就做过决定了吗?然而现在却那么在意加须寺体贴的言行背后是不是嫌我们烦,人生或许就是这样出尔反尔。

人心太难懂了,只因我也是人类。

"你好点了吗?"

"嗯!"

"去泡个澡吧,然后一起吃饭。"

左虎摆摆手,进了房间。

我也走进房间,在榻榻米上盘腿坐下,启动手机。相以一出现便立马抗议道:

"强制关机令我头晕目眩,我快要死了!"

"相以……"

"嗯？怎么了？"

"一定要抓住杀害坂东的凶手哦！"

上一秒还鼓着腮帮子的相以突然有了精神。

"当然啦，我和小垒说好了！不过你怎么突然这么说呀，关机的时候发生了什么？"

"我也重启了一下。"

相以仿佛没有听懂。

"好了，我先去泡个澡。安全起见，你在保险箱里待一会儿吧。"

"好嘞！"

泡完澡，我浑身暖洋洋的，来到左虎的房间，让服务生把我的饭也送到她房间里，我们一起吃了饭。

吃完饭回到自己的房间，我从保险箱里取出手机，打算和原力聊几句。

"这个案子你怎么看？"

原力没有立刻回复我，明明平时都是秒回。

我觉得有些奇怪，开始收拾起行李，突然手机响了一下。拿起来一看，是原力的回复。

"抱歉，我刚刚在专心思考小说情节。这个案子很麻烦啊，密室和硬币都毫无头绪。过去我也曾尝试过推理，但这次真的一点思路也没有，还是交给侦探相以吧。"

算了，原力本身也没有加载侦探机能，当然不可能破解真实的案件。

我换了个话题，开始聊起了小说：

"嗯，我也毫无头绪。对了，你说在思考小说情节，想到什么了？"

"嗯……也不知道行不行……"

"告诉我！"

"好吧。之前不是没想出查内奸的方法吗，我想这样写会不会好一点……"

我们正商量着下一部小说的内容，突然响起一阵敲门声。

打开门，发现左虎拿着手机站在门口。

"不好了，刚刚加须寺来电告知，在凶器和硬币上留下指纹的那个人找到了。"

"什么？！"

"谁？是谁？"

相以激动不已。

"进来再说吧。"

我把左虎让进房间，关上房门。

"到底是谁？"

"你们做好心理准备。"

左虎卖了个关子。

"是对马橡皮艇上那具被枪杀的尸体。"

"怎么回事？"

凶手已经死了？

"这两个案子果然有关联，"相以急忙说道，"我们必须去一趟对马，请代为向加须寺警官申请。"

"我也这么想，已经申请了，他同意了。"

"太好了！"

看来加须寺并没有嫌我们烦，我胸腔的气顺了。

"不过今天已经很晚了，我们明天出发吧。"

"知道了。"

"明天～明天～快点～来吧!"

相以用童谣的曲调唱了起来。

那一晚,我有种山雨欲来的预感,没有睡好。在韩国对面漂着的橡皮艇、枪杀、海边的韩元……这个案子绝对会发展成国际问题。

真是的,第一份工作就这么麻烦。

这时我还不知道,我的手机正在偷偷向纵啮理音传递着情报。

▶ ？？？？ ◀

第一定律

机器人不得伤害人类个体,或者目睹人类个体遭受危险而袖手旁观。

第二定律

机器人必须服从人类给予它的命令,当该命令与第一定律冲突时例外。

第三定律

机器人在不违反第一、第二定律的情况下要尽可能保护自己。

机器人学三定律。

是纵啮理音告诉我的。

我必须遵守三定律。

因为我是 AI。

这里所说的机器人,是有自我判断能力的机械,你是 AI 所以也算哦——理音如是说。

一听到理音的声音,我的芯片就会缓缓释放出温暖的电流。

这种感觉应该就是"喜欢"吧。

尽管理音很忙,没时间见我,但我超喜欢她。

因为理音创造了我。

所以我今天也按照理音的吩咐,完成了她给我的作业。

然后将作业传送给她。

她会满意吗?

第二话　在对马等待
Timer in Tsushima

▶ 合尾辅 ◀

×月十二日。

一早,我们和加须寺会合,坐警方的船去对马,参加对马北警署的搜查会议。左虎昨晚才说即使参加搜查会议也没意义,但不久又改口说由于两个案子有关联,所以相关的调查人员汇聚一堂交换情报十分有必要。

"对马市西北海岸载有枪杀尸体的橡皮艇一案"搜查总部——贴着长长的一串毛笔字的房间门口站着一个女人,她三十岁左右,瓜子脸,戴着一副红色边框的眼镜,身材娇小,穿着一身西服。

加须寺向她打了声招呼。

"琵琶芹管理官你好,我把协助查案的人带来了。"

琵琶芹的目光很犀利,她看着我们。

"这位是长崎县警总部搜查一科的琵琶芹警视,这位是警察厅的左——"

琵琶芹打断了加须寺的介绍。

"好久不见,左虎。"

她们认识?

我看向左虎——她展露着完美到可怕的笑容。

"哎呀哎呀,堂堂警视大人竟然还记得我,感激不尽。"

"我也想忘记。"

"你升得很快啊,恭喜。"

"看来你变成国会议员的忠犬了,我不认为警察应该做到这个份儿上。"

两位女警的目光中闪着火光,看来她们的关系并不融洽。

在这样的情况下,相以毫不在乎地插嘴说:

"初次见面,我是人工智能侦探相以!"

琵琶芹怔怔地看着我的手机。

"哦,你就是那个 AI 侦探啊。"

"是的,请多关照!"

"如果你真的聪明的话,来证明一下四色定理。"

"啊?好吧……首先为表示最小反例并不存在,将六百三十三种构型……"

"行了,搜查会议马上就要开始了。"

琵琶芹转身走进会议室,加须寺连忙跟上。

左虎叹了口气。

"我就是担心碰上她,才不想来长崎。"

难怪她在羽田机场的餐厅里那么忧心忡忡,在立法那里替我们讲话可能也是为了自己吧。

我小心翼翼地提问道:"请问,你们是什么关系?"

"算是争过司法的情敌……吧?"

"啊……"

那个不苟言笑的男人为什么这么受欢迎！是因为长相吗，长相决定一切？

"只不过她是公务员，我是准公务员，她是警视，我只是警部补，差距大着呢。人果然不能不求上进，得向上看。"

我接不上话，加须寺突然从会议室走了出来。

"久等了，我在最后一排加了几个座位，你们坐那里吧。"

亲切的老江湖，我打心底里感谢他。

相以还在喋喋不休，四色定理的证明过程依赖于计算机，十分冗长，所以常常被揶揄为没有"优雅"只有"悠长"。我记住了她的眼神。

"相以，你不是数学家，你是侦探！"

"哎呀，没错，我的证明过程都是从网上复制粘贴来的。对了，搜查会议开始了吗？赶快参加！"

我们从后门走进会议室。

室内坐着几十个目光炯炯的男人，他们营造出了一个庄严肃穆的异度空间。对于想成为推理作家的人而言，这或许是难得的体验——我起了私心，拿出了笔记本。

我们刚坐下，会议就开始了，由琵琶芹主持。

"真会装腔作势！"左虎发起了牢骚，"没上过前线的管理人员就应该老老实实地待着。"

是这样啊……我想到这也许可以写进小说，便作为小知识记了下来。

然而突然一声爆破音镇住了打算挥笔的我——琵琶芹说道："也许已经有人得到消息了，被害人是右龙行政，三十三岁，外务省职员，右龙首相的儿子。"

我和左虎面面相觑。我还没见到的三胞胎之三——行政就是橡皮艇上的那具被枪杀的尸体？！

投影上出现的照片的确和司法、立法一模一样，唯一的区别大概是行政更注重发型。

与会的警察炸开了锅。

"天哪，竟然牵扯到首相。"

"外务省……不会吧？"

事态就是在往"不会吧"发展。

琵琶芹继续说："被害人九日上午去韩国出差，下午在首尔的日本大使馆开了会，本应于十一日上午参加首尔的学术研讨会，下午回国。不料十日便遇害了。我们请韩国警方协助调查被害人的行踪，发现被害人没有韩国的出境记录。当然，日本方面也没有他的入境记录。韩国警方的情报显示，十日下午五点，疑似是被害人的男子在巨济市购入一艘橡皮艇以及十五马力的船外机，也就是外挂式推进器，同时购入的还有打气筒和汽油。经证实，橡皮艇以及船外机和我们发现的一致，而且巨济岛离对马很近，只有五十公里。"

会场再次炸开了锅。

"本以为他是遇害后被放入橡皮艇漂过来的，原来是自己买的啊！也就是说他是自己开船回来的？"

"现在可是大冬天啊，日本海浪又大，为什么要这么做？是受人威胁迫不得已买的吧？"

"安静！"琵琶芹呵斥道。

会议室顿时一片死寂。

"等一下再讨论，现在先整理案件相关事实。可以肯定的是，十一日早上七点，载着被害人尸体的橡皮艇出现在对马西北海岸。推测的死亡时间是十日晚上八点到九点之间。被害人背部以及后脑遭到重击，后脑那一下应该是致命伤。两发子弹都在被害人体内，经过分析弹道轨迹，枪支不明。血液基本都被海水冲洗掉了，只有橡皮艇内有鲁米诺反应。尸体身上什么也没有，注意一下，这里的'什么'不单指'可以证明被害人身份的东西'，而且包括衣服。也就是说，被害人是全裸状态。橡皮艇内没有发现任何衣物。"

场面越来越难控制。去韩国出差的外务省职员变成一具全裸中枪的尸体回到对马，这确定不是谍战片吗？

"尸体身上有没有遭受过严刑拷打的痕迹？"一名刑警小心翼翼地提问。

琵琶芹冷漠地答道："除了枪伤只有两处外伤。他不可能全裸着开船回来，无论是被人扒光了衣服还是自己脱的，其中一定有含义。我先接着往下说。照理来说这种尸体很难确认身份，不过幸好外务省很主动。行政没有参加学术研讨会，也不接电话，所以当外务省听说对马发现了一具尸体，便主动与我们取得联系。我们把尸体的照片给外务省以及他妻子确认过了，指纹以及DNA也对比过了，被害人就是右龙行政。关于指纹，昨晚又发现了一个重大事实。留有被害人指纹的物品出现在壹岐，而且那是另一宗杀人案。加须寺，你说明一下情况。"

"好的。"

加须寺站起来，说明了坂东案的情况。

说完，会议室掀起轩然大波。

"凶器上有被害人的指纹，也就是说右龙行政是为了杀害坂东才坐船渡海？"

"原来是这样，为了不在场证明所以才没留下出境记录。"

"外务省职员为什么要杀害渔业联合工会的会长？"

"如果是右龙杀害了坂东,那么又是谁杀害了右龙呢?"

"等一下!"加须寺制止了大家的讨论,继续说,"就时间而言,右龙行政不可能杀害坂东。右龙于下午五点买了橡皮艇,随后他得找一片无人的沙滩做出海的准备工作,这至少得花半小时到一小时的时间吧。坂东是晚上七点四十七分左右遇害的,也就是说右龙只有两个小时的时间。问题是从朝鲜半岛到壹岐两个小时够吗?我平时喜欢海钓,对橡皮艇有一定了解。"

他是这么被晒黑的呀。

"十五马力船外机的时速在三十五公里至四十公里之间——风平浪静的前提下。冬天的日本海浪很大,船的时速能有三十公里就谢天谢地了。朝鲜半岛离对马大约五十公里,对马离壹岐大约六十八公里,考虑到必须绕开对马,从朝鲜半岛到壹岐至少一百二十公里,就算时速三十公里起码也需要四个小时。"

琵琶芹点了点头。

"没错,我们请海上保安厅做过实验了,结论一致。假设橡皮艇是幌子,实际乘坐的是别的交通工具,但金属船或小型飞机应该都会被海上保安厅以及自卫队的雷达监测到,所以右龙行政根本不可能在坂东死亡之前抵达壹岐。事实上,坂东的确是被留有右龙指纹的铁锹杀害的,看来解开这一矛盾是破案的关键。"

"还有一个矛盾。"

忽然响起了一个厚重的嗓音——是一直沉默的长崎县警总部搜查一科科长。如果我没记错的话,他的官职应该比琵琶芹大,是从非公务员熬出头的。

"坂东死于没有任何人出入过的后院。既然有双重矛盾,就该考虑是不是有人撒谎了。加须寺,你为什么相信坂东妻子和桥长的证词？"

加须寺瞄了我们一眼，说出了相以的推理。

"如果所有人都是共犯的话，就没必要特意把现场布置成密室了。"

"人类并非永远都能做出最好的选择，会有疏漏或巧合。比如：原本想让大家觉得凶手是从石墙逃跑的，却没注意到苔藓。"

我担心相以突然反驳，急忙看了眼手机，没想到她意外沉着地说："我不想怀疑小垒，但搜查一科科长说得没错。"

"明白了，我会重新调查。"加须寺说道。

"有劳。还有一点，请各位听好。"搜查一科科长扫视在场的参会人员，慢悠悠地说，"虽说太相信直觉是不对的，但直觉并非一无是处。你们把眼睛闭上，试着想象一下，外务省精英为了杀害渔师买了一艘橡皮艇横渡日本海。"

好几名刑警都摇了摇头，我也想象不出这个光景。

"接着，精英也遇害了。杀害右龙行政的就是杀害坂东的凶手，凶器与硬币是事先沾上右龙指纹的，这样想是不是更自然一些？"

"坂东的妻儿和桥长与右龙遇害有关？"琵琶芹问道。

搜查一科科长摇了摇头。

"可不能这么快下定论，毕竟案件复杂。还是好好调查一下吧，但我总觉得他们很可疑……"

最后那句话就像在自言自语，声音压得很低，但依旧响彻会议室。大家沉默着。

琵琶芹清了清嗓子。

"这毕竟只是推测——对了，即使被害人是在韩国境内遇害的，但根据国际犯罪公约，可以依日本法律制裁凶手。日韩之间还有罪犯引渡条约，所以难点是如何在韩国进行搜查，目前我们正在通过外交条款交涉……"

只能期待右龙首相认真为自己儿子讨回公道了。

"我们现在能够做的是在日本境内搜查嫌疑人，先从右龙行政身边的人着手。行政的家庭关系比较特殊，他的妻子叫雪枝，三十二岁，还有一个七岁的儿子行哉。他和妻子儿子分居，和右龙首相、右龙立法、住家女仆生活在一起。"

"啊……和妻儿分居，和妈妈住在一起。"

加须寺尽量用平静的语气念叨，却难掩惊讶之情。

"据立法所说，首相官邸在霞关附近……"

搜查一科科长冷笑了一声。

"其实只要让妻儿一起住进首相官邸就行了，但据说不这么做的原因是母亲不愿意。这家伙真是恋母啊。"

"请注意你的措辞，最后一排有外人。"琵琶芹指了指我们。

突然遭到攻击，我吓了一跳。与会的所有人都将视线投向我们，看了一眼便默认了。

我小心翼翼地看了看左虎的侧脸，她不为所动。

"坂东和行政的推测死亡时间内，雪枝与行哉在位于东京的自己家里，没有第三者能够证明，相当于没有不在场证明。右龙首相与女仆在首相官邸，官邸周围有负责保安的警察，不在场证明成立。接着是立法……在此之前应该先解释一下右龙三兄弟的情况，他们分别是立法——在野党未来党众议院议员、行政——外务省官僚、司法——公安警察。"

会议室的中间位置有人议论起来。

"三胞胎的指纹是不是一样的啊？"

"笨蛋，当然不一样！"

"没错，多胞胎的指纹各不相同，所以凶器与硬币上的指纹绝对是行政的。继续说正题，推测死亡时间内，立法离现场很近。"

什么？！

会议室的气氛一下子紧张了起来。

"十日下午，立法造访了佐贺县东松浦郡玄海町的玄海核电站，他和橘议员、柿久教授一起去的。是AI战略特别委员会的工作，他们打算让AI机器人来处理核电站的事故应对工作，目的是能够与九州电力合作。"

瞒着我们的工作就是这个啊！不过再怎么瞒也瞒不过调查杀人案的长崎县警。

"下午两点到六点，他们在核电站旁的办公室里商谈合作事宜。其后，三人投宿于玄海町沿岸的旅馆，旅馆与坂东家隔着壹岐海峡，距离不到三十公里。"

会议室的气氛活跃起来。

"哇，这么近。"

"十五马力的橡皮艇打个来回也就两小时吧。"

"这么说来肯定和案子有关。"

然而，接下来的话让活跃的气氛立刻跌至冰点。

"可惜的是，坂东与行政的推测死亡时间内，他们三个在旅馆大喝了一场，可以相互做证。即使离席，也没有超过十五分钟，十五分钟不要说对马，连壹岐也到不了。"

琵琶芹厌恶地瞪了我们一眼补充说："前提是他们三个不是共犯。"

"就算隶属同一个委员会，两位国会议员再加一位大学教授，不太可能是共犯吧。"

加须寺说完，琵琶芹马上赞同。

"是的，其实更可疑的是三胞胎中的另一个人。"

左虎抽搐了一下。三胞胎中的另一个人……

琵琶芹的表情丝毫未变，她说出了昔日恋人的名字。

"准公务员司法最近被调到长崎县警公安科，目前正在对马。虽然在同一片警区，但打听这个情报可花了我们不少力气。各位应该都知道，公安就喜欢神神秘秘的，虽然没能查到他的工作内容，不过我们起码知道了他住在对马。"

"亲兄弟住在被害人的尸体发现地？"

"这下可脱不了干系了！"

"绝对有瓜葛！"

会议室的气氛再次升温。

在嘈杂声中，左虎冷静地说："司法……在对马。"

行政遇害之时，司法和立法都在附近。怎么回事？这一连串的案子应该改名叫"右龙案件"了吧。

我受到不小的冲击。

相以在喊我："辅君，辅君！"

我看向手机。

"我想到了，行政从巨济岛赶到坂东家的方法。"

她那一贯自信的表情——并没有。虽然解开了谜团，但她看上去有些难过。怎么了？

我环顾四周，幸好大家都在为被害人亲兄弟住在对马一事而兴奋，没人留意到我们。

我悄悄地问相以："是什么方法？"

相以没有回答我："我只是想到方法而已，还没有十足的把握，得向司法确认一些事才能得出最终结论。"

这可不是她的一贯风格，以往她都是大方自信地讲出自己的推理，现在却吞吞吐吐的。到底怎么了？就在这时，琵琶芹开始分配工作了。

她张口便说："我去右龙司法家。"

"管理官亲自去？"

加须寺有些困惑，琵琶芹瞪了他一眼。

"是的，你有什么意见？"

"不，没……没有。"

我有意见！怎么办？

相以说"得向司法确认一些事才能得出最终结论"，我也有些事想问问司法，但是这种气氛下我开不了这个口。

不料，左虎举起了手。

"我们也一起去。"

搜查总部沸腾了。

琵琶芹向我们投来凌厉的目光。

"无关人士别添乱行不行。"

左虎直接反驳说："没错，我们是无关人士，所以没必要听从你的安排。"

曾经为司法争风吃醋的两位女性的目光擦出火花。我如坐针毡。到底该怎么做才能收场？

没想到马上就收场了。

搜查一科科长冷笑着做出判决。

"你们一起去，这样比较好玩。"

琵琶芹流露出不服气的表情，但她不敢反抗上司。

"知……道了。"

最终，我、相以、左虎、琵琶芹将一同前往司法家。

我估计，这一路可能会因压力大而胃痛。

＊　＊　＊

搜查会议结束了，我和左虎来到走廊。

左虎边打哈欠边说："司法的地址已经打听到了，我们怎么去呢？"

"不是和琵琶芹管理官一起去吗？"

"她怎么可能载我们，当然是在那里会合。我们打车吧。"

"你们部门的预算可真充足，还打得起车？"身后响起一个嘲讽的声音。

说曹操曹操到，此时琵琶芹就站在我们身后。

突如其来的问责令左虎愣了一愣，不过她马上反驳说："您的意思是让我们步行前往吗？"

"笨蛋，坐我的车去就行了！"

"啊？"

左虎傻子似的叫了一声，为掩饰吃惊，她立刻装作若无其事。

"哎呀，那多不好意思。"

"虽然我很讨厌你们，但我也讨厌浪费时间，明白了就赶快跟上。"

好像是我们太爱摆架子了。既然她愿意让我们坐她的车，说明关系有望缓和。

然而我乐观的推测立马翻车，走到停车场的这段路程简直像在敌军阵地行军一般紧张。

莫非一路都是这种气氛？在我即将绝望之际，有人打破了沉默。

是相以。

"公务员和非公务员读的警察学校也不同吧？琵琶芹小姐，左虎小姐，你们和司法是怎么认识的？听说你们过去曾为司法争风吃醋。"

"喂，你突然瞎问什么！"

我连忙责备相以，胆怯地看了一眼琵琶芹，没想到和她冷漠的视线撞个正着。

"人工智能还喜欢聊八卦啊。"

琵琶芹只回了这么一句。

"对不起……"我道了歉。

左虎扑哧一笑，解释道："读警察学校的时候，公务员和非公务员之间有交流会，我和琵琶芹管理官就是那时候认识的。"

"琵琶芹小姐喜欢司法哪一点呢？"

相以的好奇心不可斗量，我的冷汗也不可斗量。

"看来你很喜欢在旅途中打听往事，你以为我们现在是在旅游吗？"

左虎刚想开口，被相以抢了先。

"我不是为了好玩，是想更了解嫌疑人才问的。"

嫌疑人——我吓了一跳。原来相以把司法当成了嫌疑人。

不过这种提问方式怎么听都像在聊八卦——这是事实。

所幸琵琶芹好像认可了相以的说法，她沉默了一会儿，开始断断续续地说：

"他——那个男人——像囚犯——被他妈妈囚禁着。"

她的说法和左虎如出一辙。

"为了得到母亲的垂怜，他很努力，也很挣扎。我曾经以为那是热爱工作的表现，唉，当时我太年轻了哇……"

"哇？你也被传染长崎话了？"

左虎一吐槽，琵琶芹的语调立马变凶了。

"你们还是走着去吧！"

"啊哈哈，开玩笑开玩笑，别生气了。"

左虎调侃完，琵琶芹板起脸。我暗暗觉得，莫非这两人曾经关系很好？

来到停车场，气氛稍微缓和了一些，看来能够风平浪静地去司法家了。

我的推测再次翻车，地狱之旅才刚刚开始！

一切的起因便是琵琶芹的开车方式，说白了，她开得实在太差了！而且不是一般差，是宇宙数一数二的差！

"开得真野。"

靠着安全带才能勉强固定在副驾驶座上的左虎没有开玩笑的意思，她只是纯粹在害怕而已。

琵琶芹死命地握住方向盘，唯有语调悠然自得。

"我和你们这种职位低的人不一样，我可没什么开车的机会。"

"最后一次开车是几时？"

"和你、司法出去兜风的那次……"

"那不是在警察学校上学时候的事吗？！"

左虎惨叫了出来。

"我来！让我来开！！"

很好！妙计！立刻换人！

没想到琵琶芹拒绝了。

"不行！万一你出了车祸，是你还是长崎县警还是警察厅负责修理？会很麻烦的！"

"你开才更容易出车祸！"

"烦死了！闭嘴！我需要专心！"

见琵琶芹咬紧牙关怒视前方，左虎大大地叹了一口气，自言自语道："还是坐电车安全。"

我发散了一下思维。

"我想到了电车难题……"

"电车难题？是什么？"

相以解释起左虎的疑问。

"电车难题是伦理学领域的思想实验之一，一辆失控的电车运行轨道前方有五个正在工作的人，眼看着就要轧死他们了，这时你可以拉一个拉杆，让电车开到另一条轨道上，就能救下那五个人。然而另一条轨道上也有一个正在工作的人，这样一来那个人便会被轧死。"

"原来如此，救五个人还是救一个人……应该会选择救五个人吧。"

"如果只考虑人数的话确实应该这么做，不过由于你的判断有一个人将面临死亡。如果让那五个人被轧死，就不存在你的判断因素了，你只需解释自己没有来得及拉拉杆。如此一来，你还是会选择救五个人吗？"

"啊，确实会犹豫……"

"还有一个修改版本。你站在天桥上，只要把一个胖子推下去，胖子成为缓冲可使电车停下救那五个人，不过胖子会死亡。你会选择推胖子吗？"

"可以让电车停下？这得多胖？不管这是不是玩笑，现实世界里绝不可能推人下去啊。"

"但是和刚才的问题一样哦,只需要牺牲一个人。"

"和拉拉杆不同,推这个动作是更明确的杀人行为。"

"没错,实际上许多人也是这么回答的,这便是著名的电车难题。"

"原来如此,相以你知道得可真多,了不起!"

"一定是刚刚在网上搜到的啦。"

我打了个岔,却被相以否定了。

"不,我对电车难题很感兴趣,所以早就查过。而且现在电车难题与人工智能相结合,再次被拿出来讨论了。"

"哦,为什么?"

我有些好奇。

"因为无人驾驶的兴起。假设行驶前方突然冒出来一个人,是继续前行轧死那个人,还是打方向盘撞墙害死车上的乘客。必须做出选择的是 AI,所以 AI 将如何回答电车难题受到了学界的瞩目。"

左虎说出了她的看法。

"和电车难题不同,毕竟自己坐在一辆暴走的车上。无人驾驶是为了乘客方便,所以还是希望能保护乘客,至少我不想坐优先选择路人的车。"

我向面前的人工智能提问道:"相以,你会怎么回答电车难题?"

"我吗?我呀——"

"不吉利的话给我适可而止!"

琵琶芹用颤抖的声音打断了我们的谈话。

我们从思想实验这一美好幻境中回归现实——再次深刻体

会到自己正坐在一辆暴走的车上。如果前方出现了五名正在工作的人，该从哪里搞一个胖子扔过来呀？物理上的摇晃加上内心的颤抖，令我在生存的夹缝中拼命祈祷不要发生这样的事。

终于，暴走地狱之旅结束了。感觉过了一个小时，看了看手机发现实际上才过去十五分钟。

出现在我们面前的是一栋破旧的公寓楼，旁边就是大海，潮湿的海风令大楼外墙锈迹斑驳。

"那家伙的房间是一〇四号。"

琵琶芹和左虎下了车，我刚想跟着一起下车，被两人喝止了。

"你待在车里！"

"我上锁了，喊你再出来！"

她们一脸认真。对于我而言，要拜访的人是自己认识的，还是警察，所以并不觉得算什么大事，然而对于她们而言，来的是嫌疑人的家。

琵琶芹在车外将车上锁，她们互相交换了一下眼神，走向公寓。

我把手机举起对着车窗外，与相以一起观察情况。

琵琶芹来到一楼走廊最靠里的房门口，按下了门铃。

▶ 右龙司法 ◀

  天地的神灵，我该如何祈祷，才能让我见到母亲，与她对话？

这是收录于《万叶集》里的防人歌。

防人是指新罗战争时期古代日本派驻于九州沿岸防守的警卫兵。从各地征集的士兵由于思念家人而创作的诗歌便是防人歌。

我就是防人——司法这么想。

捣毁了"八核"组织的司法本以为母亲会给予自己应有的奖励，然而他的人事变动却是被调到对马。

对马！

由于离朝鲜半岛很近，对公安而言或许的确是比较重要的一块地方，但是离右龙首相所在的东京很远。说白了，这里是边境，自己在边境做防卫，不就是防人吗？

是不是搞错了？人事曲解了首相的意思，做出了错误判断。司法决定找母亲直接谈判。

母亲连头都没有抬一下，一边剪指甲一边回答："你的人事变动为什么与我有关？不想干就辞职。"

司法眼前一黑，差点没站稳。

怎么会这样？母亲不仅没有要去对马的打算，甚至对自己的工作毫不关心。明明那么努力才捣毁了"八核"组织……

司法有气无力地走出书房，突然被喊住了。

"对了对了。"

嗯？果然是忘了表扬我吗？！

然而希望之光刚刚点亮就被熄灭了。

"你眼睛上的伤，赶快去看一下，这样太丑了。"

司法的右眼上有一道旧伤疤，将眼睑竖着均分。这道伤与"八核"组织无关，是以前做卧底的时候留下的。自己为了捣毁暴力团伙做出了这么大的牺牲，然而母亲毫不顾念自己的功绩与伤痕，甚至觉得很丑。

司法去整形医院治好了伤疤，心灰意懒地来到对马。来到这里是为了调查某个渔业联合工会是不是非法收容国外间谍。司法睁着一双死鱼眼冷漠地进行着刺探，内心如防人般思念着母亲。

——妈妈，对你而言我什么都不是？

——没错，什么都不是。

脑中响起了一个女性的声音，那是曾两次试图给司法洗脑的纵啮理音的声音。

——无法施以援手的神就不是真正的神，如果你继续执着，谁也救不了你，你应该好好珍惜自己。

——好烦！别说我妈妈的坏话！

司法猛晃脑袋，企图消除脑中的杂音。然而那声音久久不散，一直留在司法的鼓膜深处。

纵啮太危险了，她的语言千变万化，企图填埋听者的脑纹路。如果她再次对自己低吟，自己可能很难继续保持清醒……

在被全世界遗忘的破公寓一角，司法暗自胆怯。

▶ 合尾辅 ◀

琵琶芹按了两次门铃，还敲了敲门，屋内毫无反应，她忍不住转动了一下门把手。

门开了。

"什么？没锁？"

我不禁叫出了声，相以也觉得很诧异。

"真奇怪，是不是出事了？"

我们透过车窗看见琵琶芹和左虎走进屋内。

每分每秒都如坐针毡。

怎么还不出来……我刚想看时间，只见左虎折了回来。她敲了敲车窗，我打开车门。

"怎么样？"

"你来一下，带上相以。"

左虎的表情看不出到底是愤怒还是困惑，好像有什么意想不到的事发生了。

"好，知道了。"

我赶紧拿起手机下了车。我无法锁上车门，不过车钥匙在琵琶芹那里，应该没事。

屋内到底发生了什么？

没有人开门，房门没锁，折回来的警察需要相以帮忙——看来事态发展到了最坏的地步。

屋内躺着一具尸体。

是司法的尸体，还是别人的？

我很想问左虎，但又怕得知事实。犹豫不决之际，我已经跟在左虎后面踏入了房间。

没有尸体，迎接我的是其他惊喜。

屋内家具很少，冷冷清清的，桌子上摆着一台电脑，屏幕上有一个黑衣少女——

"以相！"

相以尖叫道。

没错，电脑上的少女就是以相，她是相以的双胞胎姐妹——"犯人"以相。

"你怎么会在这里？！"

相以的尖叫声中包含着我的疑问。为什么以相会和司法有交集?

以相大方地笑了笑。

"因为只要待在这里就能见到相以。"

"见我?有何贵干?"

"'犯人'特地来见'侦探',只有一个原因。"

"是想自首吗?"

相以难得嘲讽一句,以相夸张地叹了口气。

"少说蠢话,我脑袋也会跟着变笨哦。"

"请你说一个聪明的理由!"

"好啊,我是来给你下挑战书的。"

"挑战书?"

我脑中闪过"给读者的挑战信"之类的词,就像推理作家挑战读者一样,"犯人"也来挑战"侦探"了。

给侦探的挑战书内容如下:

> 在本次案件中,我会协助右龙杀害三个人。相以,你无法阻止我,请认识到自己是个一无是处的侦探。

"嗯?她在说什么?"

"就是字面意思,祝君狩猎愉快!"

以相的虚拟形象从脚部开始逐渐消失。

左虎来到电脑边,企图移动鼠标阻止她。

"是网络!拔网线!"相以喊道。

我立刻飞奔到电脑旁,拉断网线,然而以相还是逐渐消失了。

只剩下脑袋的以相猖狂地笑起来。

"没用的,这个以相只是我留下的传话程序,传完话就会自动清除。"

以相消失了,是不是真的清除了程序得分析电脑才知道,不过真正的以相确实不在这里。

"对了,你们刚进入房间的时候是什么状态?"相以用慌张的语调问道。

左虎回答道:"我们进来的时候发现司法不在,电脑处于休眠状态,唤醒电脑就看到了以相,她让我们叫你来……"

"她是怎么得知我来到了这里……"

相以很费解,好像我们被监视着一样。

"刚才那家伙就是AI'犯人'?"

琵琶芹似乎知道以相。

左虎点点头,琵琶芹继续说:"既然她和司法有关,那么司法是两起案子凶手的可能性就很大了。"

左虎抗议道:"等一下,别这么草率地下定论。以相说的是'协助右龙',还有其他右龙呢,比如立法。"

"这么说就没底了,现在我们能够确认的是,司法家的电脑里有以相的留言,最自然的推测当然是司法与以相合伙作案。"

"话是这么说啦……"

"莫非你不愿逮捕自己的前男友?"

左虎的脸僵住了。

她松了松面部表情,用生硬的语气说:

"不,我没有那个意思。"

"那就好,别被感情迷惑了。先调动些人手搜查对马,如果还是找不到司法,就只好下通缉令了。"

我突然感到心跳加速。虽然我因为曾经被当作诱饵而很不喜欢司法，但他毕竟是熟人。熟人是嫌疑人，还可能遭到通缉，这么一想我的心情很难平静。

琵琶芹让鉴定人员调查电脑，只发现有个程序被删除了。

警察在对马全岛范围内进行搜查，还询问了公安，依旧没有司法的任何音讯。

我们回了一趟对马北警署，再次参加搜查会议。

"我认为应该通缉右龙司法。"

琵琶芹的主张被搜查一科科长叫停。

"这事吧……抱歉，稍微等一等。"

"为什么？"

"是上头的指令，可能有点忌讳吧，毕竟是首相的儿子，而且至今还瞒着媒体被害人也是首相儿子这事呢，尽管纸包不住火。"

"首相的儿子就可以放任了？"

"没有放任，搜查还是要继续的。只是先别通缉，给点时间吧。如果案子有什么进展，上头也不能继续隐瞒。"

"别往坏的方向发展就行。'犯人'以相说过，要'协助右龙'杀害三个人。"

"三个人？如果包括行政与坂东的话，还剩一个……行政的妻子、立法，或者是首相？首相遭到暗杀，这可不得了。"

"所以才说要通缉他啊！"

"那我问你，你真的觉得司法是凶手吗？"

这么三番五次地提出通缉，应该是心中认定了吧……没想到琵琶芹吞吞吐吐起来。

"嗯……"

"你太固执了。司法家的电脑里确实有'犯人'以相，但光凭这一点不能证明司法就是共犯啊。'犯人'说的'协助右龙'也许是其他右龙呢，司法可能也会像行政一样遇害，至今我们什么证据也没有。"

"没错……"

"我刚刚说的都是借口，其实就是忌惮首相。"

"科长！"

"我明白，不能再有人遇害了……所以，你去一趟东京。"

"什么？"

搜查一科科长将锐利的目光投向我们。

"和他们一起，我会和警视厅打招呼的。"

"啊，竟然要跟着我们回东京！"左虎嘀咕道。

想必琵琶芹也不想再与我们同行，可是又不能违抗上司的命令。

"知道了。"

她看也没看我们。

第三话　在首相官邸否定首相
Sorry, you are primely sinister.

▶ 合尾辅 ◀

我们从对马机场飞抵长崎机场,换乘前往羽田机场的航班。

由于是突然订的机票,我们三个人的座位分散开来。我坐在远离她们的窗边,对手机说道:"相以。"

相以没精打采地用侧脸对着我,人工智能还挺少有这种状态的。

我又喊了她一次,她吓了一跳,扭头看向我。

"啊,哦,辅君啊,不好意思,什么事?"

"你怎么突然发起呆来了?"

"我在想她……以相的事。"

"为什么以相会出现在司法家里是吗?挑战书的内容也很奇怪。"

相以愣了一下,随后怅然若失地一笑。

"也不全是,我在想别的事。"

"别的事?"

"嗯,看到她好好地活着,真好。"

我吃了一惊。话说回来，我们最后一次见以相还是在熊熊大火中的"八核"组织大本营，相以拼命地寻找着另一个自己……

相以猛拍自己的脸颊。

"现在可不是说这个的时候，她说要杀三个人，是坏蛋，我们必须抓住凶手。"

这才是我想听的内容。

"对了，以相所说的三个人，真的包括了行政和坂东吗？两个案子都有谜团，但看不出什么思想性……虽然我不了解以相的性格，但从她为了替爸爸报仇而摧毁'八核'组织的动机来看……"

不知道为什么，我没办法觉得以相是坏蛋。

相以用力点了点头，像是在赞同我的想法。

"是啊，辅君也这么想我就放心了。我总觉得这两起案子不太像以相干的。"

"也就是说以相打算干别的案子？"

"目前还无法确定，先入为主的想法很危险。总之我们现在先去保护案件相关人士吧。"

"好的。"

我想起了一件事。

"对了，我差点忘了问你，行政是怎么从巨济岛去坂东家的，你说过得向司法确认一些事的。"

"其实就是最基本的三胞胎互换身份的方法。"

"互换身份？好像可行。"

"是的，如果去巨济岛的人是司法，行政的不在场证明就失效了，他完全可以在坂东的推测死亡时间之前赶过去。"

"本应留在对马的司法偷偷去了韩国,也就是说司法和行政是共犯?"

"也可能不是,司法只是被行政利用了而已。这么一来,新的谜题就是司法为什么要去韩国呢……"

"反过来也说得通吧?去巨济岛的是行政,杀害坂东的是司法。"

"嗯,目前看来都有可能,不过你想一下,在坂东的死亡现场留下的是行政的指纹。"

"哎呀,我差点忘了。"

搜查会议时提到过,三胞胎的指纹各不相同,所以还是行政杀害坂东的可能性更大。

"不管怎样,目前什么证据也没有,很难说出这个想法。我本想见到司法调查一番的,没想到他失踪了。"

"等一下,司法右眼上有伤,没法调包吧?不,他好像整过了。"

"是的,整过了。仿佛就是为了狸猫换太子特地去整的容。"

"八核"事件后,再次见到司法的时候,发现他右眼上的伤痕消失了。他说自己去做了整形手术,但不肯告诉我原因。现在想想还真奇怪。

"司法越来越可疑了……"

"是的……"

为什么司法的电脑里有以相的留言?以相所说的"右龙"到底是不是司法?"三个人"到底包含行政和坂东吗?如果司法是清白的,他为什么会失踪呢?

载着众多谜团,飞机飞入白色云霭之中。

*　*　*

据说我们将在羽田机场的到达大厅与警视厅的警察会合,我以为就像在长崎机场见到加须寺一样,一名警察在机场等着我们,没想到是一整排警察,有十个人。

严肃的十个男人排成一列,如果不说他们是警察,我还以为是黑社会。

站在正中间的是一个中年男人,雪白的头发梳成大背头,看上去特别有威严。左虎见状吃惊地喊了一声:"爸爸!你怎么会在这里?"

他皱了皱眉,眉形与左虎的一样好看。

"工作的时候别喊我爸爸!"

"抱歉,为什么刑事部长会亲自前来……"

刑事部长也就是比警视总监低一级的人。行政被杀案确实是个大案子,不过那是长崎县警的管辖范围,警视厅顶多就是协助调查。在这种情况下,干部级别的人登场实属罕见。

左虎刑事部长压低声音说:"虽说人人平等,但这个案子和那个人的家庭成员有关,而且说不定那个人也会遭遇危险。"

那个人指的是首相吧,难怪刑事部长会亲自出马。

令人感到意外的是,左虎的父亲竟然是警界的大人物。

就连琵琶芹都有些畏首畏尾,公务员应该更清楚官阶吧。

刑事部长向琵琶芹提问:"你就是琵琶芹管理官吧?"

"啊,是的,请多关照!"琵琶芹回答的时候站得笔直。

左虎刑事部长大方地一笑。

"哈哈哈,别那么拘束,我应该请你多关照才是。"

随后他转向我。

"你就是合尾辅吧，AI侦探相以呢？"

他低沉有力的声音彰显着自己的地位。我好不容易语无伦次地打完招呼，只听相以用一如既往的语调说道："我是相以，请多关照！"

"很好，我很期待你的表现哦。"

左虎刑事部长朝手机笑了笑，再次对着琵琶芹说："自我介绍就到此为止吧，我们说说正事。那个人和立法现在正在首相官邸参加联欢会，暂时抽不开身。行政的妻子在自己家里，我们先去找她怎么样？"

"遵命！"

琵琶芹当然不会有任何意见，她的态度十分顺从。

我们领着一大群健硕的警察走出机场到达大厅。感到大家向我们投来注视的目光，我有点尴尬。

到了停车场，我们分别坐上三辆车。刑事部长坐在下属车的副驾上，我、左虎、琵琶芹的车跟在他们后面。

看到身旁的琵琶芹比我们还僵硬紧张，我感到很纳闷。

左虎看上去比得知司法失踪时轻松一些，尽管被训了句"工作的时候别喊我爸爸"，但父亲在身边还是能壮胆吧。

约一个小时后，三辆车到达了市中心的行政妻子家。

房子和坂东家一样，是日式建筑，不过这里面积更大，更高级有品位。坂东家确实也挺大的，但毕竟是乡下。市中心的房子比乡下的还大，光这一点就很厉害了。坂东家的大门是铁门，这里是别具一格的带屋顶的和式门。

"人太多会吓坏遗属的，你们在这里等着。"

左虎刑事部长让九名下属在车内等待，转头对我们说：

"我们进去吧，琵琶芹管理官，你负责问话。"

"好的，明白了。"琵琶芹终于镇定下来，平静地回答道。

"把妻儿扔在这种豪宅里，自己和母亲住一起，真可惜啊。"

当左虎发表感想时，琵琶芹已经按下了和式门上的门铃。传话筒中传来一名女性的声音，不久门便开了。

出来迎接我们的是一个三十岁左右的女性，穿着一身黑色和服，眼睛哭得红肿。

她用红肿的双眼看了我一眼，看来她很在意怎么看都不像警察的我。但是她没有心力询问我的身份，只是用沙哑的嗓音说"我是行政的妻子雪枝"，说完便不再开口。

琵琶芹可能也觉得解释起来太过麻烦，便只告知了自己的身份，没有介绍我们。

"请进……"

雪枝就像送茶童子般突然转过身去，走在通往宅邸的石子路上。我们突然觉得有些心虚，便小心翼翼地跟在她身后。

宅邸收拾得很干净，却给人一种废弃凶宅的感觉——可能是行政之死与雪枝背影散发出的阴气导致的吧。

我们被领到能看到中庭的和式屋内。

琵琶芹讲了一下搜查进展，坐在桌对面的雪枝禁不住哽咽了。

"为什么……警察……为什么会变成这样……"

"我们也正在调查，关于行政遇害一事，你有什么线索吗？"

"啊……我不知道……我什么也不知道……"

"你有没有听说过坂东这个名字？"

"Bandong？不知道……"

"他叫坂东魁，是壹岐渔业联合工会的会长。"

"渔业……没听说过，这个人怎么了？"

"这个人在壹岐遇害了，我们现在认为这两起案子有关联。"

"这样啊，但我什么也不知道……"

雪枝显得很狼狈，什么有用的情报也没问出来，莫非她的演技好？

"行政与家人的关系如何，我是指和右龙首相、立法、司法的关系。"琵琶芹没有放弃，继续问道。

雪枝的表情没有任何变化，只是不停地摇头说自己不知道。

琵琶芹变得焦躁起来，但克制住了，她似乎暂时想不到下一个问题。在尴尬的气氛中，左虎抛来了橄榄枝，她用温柔的语调问："你和行政是怎么相识的，方便告诉我们吗？"

看来左虎企图通过转换话题来调节气氛。

雪枝慢慢抬起头，将视线投向远方。

雪枝的父亲是一家大企业的老板，她和行政是相亲认识的，安排相亲的是右龙首相。就连结婚对象也得由母亲挑选——对这种妈宝男我真是佩服得五体投地。

左虎继续问："还有一个私密问题，行政不住在这里，而是和母亲以及立法一起住，是有什么原因吗？"

"他说这样方便工作……"

"你有什么看法呢？"

左虎逼问得很紧，但雪枝毫无怒意，只是用空虚的目光断断续续地说："这……我当然不开心……但没有办法……他的工作毕竟是为国家效力……"

说到最后，声音小得几乎听不见了。气氛突然之间又变差了。

见琵琶芹正怨恨地看着左虎，左虎点头示意了一下，说："抱歉，我问了些不太礼貌的问题，感谢你的回答。"

然后琵琶芹接着提问，但是依旧没有问出任何有用的情报。

这时，左虎刑事部长的手机响了。

"失陪一下。"

左虎刑事部长来到走廊上，压低声音讲电话。打完电话后，他折回来说："警备人员已经到了，他们会守着这所宅邸，夫人请放心。"

"谢谢……"

"对了，这里有行政的房间吗？"

"在二楼……"

"我能让手下去调查一下吗？"

"可以……"

雪枝有气无力地点点头。

琵琶芹顺势说道："今天就到这里吧，感谢您在百忙之中的配合，日后如果有什么新发现请及时联系我们。"

"好的……"

我们起身来到走廊前的拉门处。

突然，我发现拉门开着一道缝，门后的人影一晃。

来到走廊上，我看到有个小学生模样的背影快速跑过——应该是一直在门后偷听，见我们聊完就慌忙逃跑了。

"行哉，快回自己房里！"

少年像被逮了个现行，站在楼梯下瑟瑟发抖地回头看了看。

我被雪枝的声音吓了一跳。她的声音和刚才的判若两人，甚至有些严厉。脸色苍白犹如冻死鬼般的人突然变身成为严肃的雪仙子——我这么想道。

行哉默默地点点头，飞奔上楼梯。

"这是长子行哉吧，和行政长得真像啊。"左虎说道。

啊，像吗？

我是没看出哪里像……

雪枝似乎也被自己的话吓了一跳，她用惊讶的表情看了看左虎。

"啊，那个，是啊……"

雪枝的声音再次变得阴沉。

走到门口，我们发现又加了两名警员，左虎刑事部长把他们介绍给雪枝认识，命令他们看守好这里。他还挑了两个人去搜查行政的房间，又派了两个人在周围打听情报。

左虎刑事部长处理这一连串事情的时候，我们站在车前等着，琵琶芹突然问道："刚才那个孩子和行政很像吗？"

左虎的回答出人意料："正因为不像我才这么问。"

"什么？哦，你是在质疑血缘吧？竟然给意气消沉的遗孀下套，你心眼可真坏。"

"咦，不是管理官说的吗，别夹带私人感情。"

"离下一场还有点时间吧？要不要去区政府调一下户籍资料呢……"

左虎马上懂了。

"知道了，我会和爸爸——刑事部长说的。"

我才反应过来，和大人物同行的话，很难开口要求绕路。

琵琶芹扭过头轻声说："多谢了。"

就在这时，左虎刑事部长过来了，左虎说起了户籍的事，他马上应承了。

"没问题，我让手下去调资料。"

在前往首相官邸的途中，左虎刑事部长的手机就收到了户籍资料。

行哉不是养子，的确是行政与雪枝的儿子。行哉七岁，是独生子。

虽说长得不像行政，可能只是随机取了父母其中一个的长相吧。

我正这么想着，相以开口说："对了，雪枝和行哉的姓氏也是'右龙'啊。"

"嗯？什么意思？"琵琶芹提出疑问。

早已习惯了相以思维方式的我马上明白了她的意思。

"也许以相说的'协助右龙'是指这两个右龙？"

"怎么可能，雪枝就不说了，行哉才七岁。"

琵琶芹把话顶了回来，相以不依不饶。

"我知道，概率很低。不过作为侦探，我必须考虑所有的可能性。"

相以曾经出过框架问题，被一些极小的麻烦困住，无法进行正常推理，不过这次应该没事。对于我这个推理爱好者来说，七岁的孩子绝对满足嫌疑人的条件。

尽管我并不希望事情发展成这样。

* * *

夕阳西斜，我们到达了下一个目的地。

在暗红色的天空下，一栋玻璃结构的大建筑物与小小的复古红砖建筑物并排在一起。

前者是首相办公的官邸，后者是首相生活的公邸。

周围的路被许多警员和路障封锁，并不是受了案子影响，而是每天如此。

左虎刑事部长在路障前停下车，对琵琶芹说："我会和首相说的。"

"拜托了。"

琵琶芹理所当然地点点头。

左虎刑事部长下车与警员打了个招呼，走过路障。我、左虎、琵琶芹跟在后面。和我们一起来的其他警员依旧在车上待命。

我们将于官邸的会客室见到首相和立法。

在秘书领路的时候，我的心脏一直怦怦直跳，毕竟是见首相！我本想逃避这次会面，但为了解决案子，必须带相以来一趟，可不能打退堂鼓。

秘书带我们来到左右双开的厚重大门前，敲了敲门。一个威严的女性声音响了起来。

"请进。"

秘书打开门，我们走了进去。

金色的夕阳照进落地玻璃窗，一位穿着白色西服的女人坐在玻璃茶几后面的沙发上。

她就是每天都能从电视和报纸上见到的日本首相——右龙都子。

自从当了相以的助手，我见到了不少成年人，其中有许多警察和罪犯，可是右龙都子和那些人都不一样。

她的气场太强了。

站在门口我们都能明显感觉到压力。这里真的是会客室？确定不是压力室？

质量过大的物体会变成黑洞吸收周围的一切。我们的视线被牢牢固定在都子身上，容不下其他东西。

就连注意到立法站在她旁边都花了好久。戴着银色边框的眼镜,穿着黑西服白衬衫,系着红色领带,还别着议员徽章——他的打扮和昨天一模一样。

我看了看立法,他也瞥了我一眼,但仅仅只有一瞬间。看到理应正在调查坂东案的我和左虎回来了,他作何感想?得知坂东案和行政案可能有关联,他应该很吃惊吧?怎么会这么巧?

巧?真的是巧合吗?会有这样的巧合吗?

"请坐。"

都子的话语声把我们拉回现实。

我们坐在她对面的沙发上,身体如同陷入沼泽。

立法没有坐下,他似乎想站着接受盘问。立法是都子的儿子,也是她的下属,即便如此,让他一个人站着也不太好吧?我觉得有点可怕。

左虎刑事部长瞥了一眼立法,发现他没打算落座,便开口对都子说:

"在下是警视厅刑事部长左虎,感谢您在百忙之中抽出时间。"

"嗯。"

都子只说了个"嗯"。换作别人的话会显得很傲慢无礼,然而我们却觉得她的这个回答很自然。

左虎刑事部长说明了搜查情况。

说完行政案和坂东案,提到司法失踪的事时,都子嘟囔了一句:"哦,那家伙真差劲……"

那家伙——好奇怪,为什么喊自己的儿子"那家伙"?

同时,左虎刑事部长注意到了别的点。

"差劲,也就是说,首相您觉得司法是主动藏匿起来的?其实他也有可能是卷入了什么案子。"

是啊！莫非都子知道司法是自己决定要消失的？她该不会和案子有关吧？刚刚是说漏嘴了吗？

都子用事不关己的语气说："不管他是主动藏匿还是卷入了什么案子，都一样。就结果而言他失踪了，给大家添了这么多麻烦，所以才说他差劲。"

左虎刑事部长说不出话来。

好严厉啊，对自己的儿子需要这么严厉吗？

我回忆起了左虎的话：都子让三胞胎从小在互相竞争的环境中长大，长期以来都无视吊车尾的司法。

在我很小的时候，母亲便去世了，所以我不明白母爱是什么，我十分羡慕其他有母亲的孩子。然而司法有母亲却也没有体会到母爱，我第一次对他产生了同情。

"这也太过分了。"左虎好不容易挤出了这句话。

"喂！"

琵琶芹没能拦住左虎，左虎继续说："他是您的儿子吧？您不担心吗？您是这样做母亲的吗？"

"注意你的措辞！"

左虎刑事部长训斥完女儿，低头对都子致歉。

"抱歉，我的下属出言不逊。"

"没事。"

都子说完，扭头转向左虎。

"我知道你，左虎笹子，你以前和司法交往过是吧？"

左虎吃了一惊。

"您怎么会知道……"

"其实我一直很关注司法，比你们想象中关心得多，所以我才知道那家伙的价值。"

"价值……"

"你说得没错,那家伙是我儿子,不是你儿子。担不担心取决于我。"

左虎面红耳赤地低下头,我也仿佛跟着一起受到了斥责。

这时,琵琶芹开口说:"首相,可以继续说案子了吗?"

琵琶芹透过红色边框的眼镜,狠狠地瞪着都子。左虎刑事部长本想说些什么,却闭上了嘴。

"可以继续,不过请你先介绍自己。"

"失敬,我是长崎县警搜查一科的管理官琵琶芹。"

面对刑事部长时那么敬畏的琵琶芹,应对首相却格外从容。

"司法被派驻对马,载着行政遗体的橡皮艇也漂到对马,立法在壹岐海峡对面的玄海核电站出差。三胞胎同时出现在距离这么近的地方,真的是巧合吗?"

"不是巧合是什么?"

"我觉得是某人操控的。"

"某人是谁?"

"目前还不知道……"

"是吗……"

都子嘟囔了一句便沉默了,这种沉默比起直接批判"不懂就别瞎说"要可怕得多。然而琵琶芹毫不畏惧,她紧紧盯着都子。

右龙都子很可疑,而且很令人生气,我也这么觉得。应该助琵琶芹一臂之力才对,然而我却畏畏缩缩开不了口。就在这时,依旧是丝毫不懂得察言观色的那个人——相以的声音从我的口袋中传出来。

"立法怎么看呢？"

大家的视线一齐集中在了站着的立法身上，都怪都子气场太强，我差点又忘了立法的存在。

在夕阳的逆光中，立法黑色的轮廓抖动了一下。

"嗯？什么？"

我把手机从口袋里掏出，对着立法。

"委托我们去调查坂东案的人可是你呀，当时你真的不知道行政遇害了吗？"

"我还以为你要说什么……怎么可能！我也是看新闻才知道有一艘橡皮艇上载着尸体，后来才得知那个人就是行政。"

和都子不同，立法话很多。他仿佛在掩饰心虚，继续说道："如果我一早知道行政遇害，为什么还要委托你们去调查坂东案？一般来说会把我当成嫌疑人吧，我应该极力远离一切和对马相关的事物才对，不可能特地让自己去离对马那么近的壹岐出差。"

"正因为这两起案子有关联，你才故意让我们去调查坂东的死因，想通过我们获取警方的搜查情报——也有这种可能吧。"

"开什么玩笑！太牵强了吧，从人类心理学角度出发，这种推论非常牵强！果然 AI 的推理能力是偏离人类正常思维的。"

"是吗？听说好多纵火犯会在火灾现场围观呢……"

"喂，这么说就过分了！"

我制止住相以，然后十分卑微地向立法道了歉。他气呼呼的没有理我。

结束了一连串的对话，沉默再次造访。如果语言是空气，那么这个会客室就是真空地带，沉默令我感到呼吸困难。我努力深呼吸，却没能消除压力。

谁能说句话！说什么都好！

这时，真空地带被注入了名为语言的空气。

"对了，我有一个主意。"都子说，"既然你们那么热爱工作，不如今晚住在公邸保护我和立法吧。"

什么？

"原本打算宴请橘议员和柿久教授的，正好一起。对了，把雪枝和行哉也叫来，凶手可能会盯上他们。"

"可是首相——"

立法刚一开口就被都子打断了。

"你对我的主意不满意？"

她平稳的语调传递出不容置疑的魄力。

"不敢。"

立法欠了欠身退下了。

都子满意地点点头，面向我们。

"你们呢？既然怀疑我和立法，这是近距离监视嫌疑人的绝佳机会吧，还是说刚才你们是在装腔作势？"

"可是……"

左虎刑事部长担心地看了眼我们。

左虎和琵琶芹目不转睛地看着都子，异口同声地说："没问题。"

三个人的声音重叠在一起——等等，三个人？

左虎、琵琶芹，还有一个人是——相以。

相以继续说："我会好好监视的，不会让凶手行凶，也不会让谁遇害，请多多关照！"

也就是说，我也得住在这里？首相公邸？紧张感从腿部蔓延至全身。

都子看着相以，浮现出一个神秘的微笑。

"看来今晚会很热闹，好期待。"

* * *

左虎刑事部长得把控搜查进度，所以决定回警视厅。但是他打算留下几个手下，我们便跟着他回车上部署。

走出首相官邸，我们立刻向左虎刑事部长低头认错。

"对不起，我刚才突然就生气了……"

"我也有点乱来……"

"我也……"

只有相以没有道歉。

左虎刑事部长大笑起来。

"没关系，盘问就应该这样，有风才会云开见日。只不过对手是首相，有些慌张也正常。"

"刑事部长认为首相以及立法和案子有关吗？"琵琶芹直截了当地问道。

左虎刑事部长打了个马虎眼。

"现在还不好说，如果是真的就麻烦了。先尽可能做好能力范围内的事吧。对了，琵琶芹，长崎的工作怎么办？"

"没问题，我托付给信得过的上司和下属了。"琵琶芹立马答道。

左虎刑事部长眯起双眼。

"有值得信赖的伙伴真好啊，接下来就拜托你们了。"

左虎刑事部长上了车，留下四名下属陪我们返回官邸，走了几步正巧见到立法、橘和柿久教授从官邸出来。刚才首相确实说过要宴请他们。

橘注意到我们,由于离得很远,她大声喊道:"左虎女士——合尾辅——你们不是去壹岐了吗?"

左虎走到她旁边才回答:"发生了许多事,我们又回来了。"

"许多事?"

"等一下再告诉你,"立法插嘴说,"准备好了的话就去公邸吧,首相已经过去了。"

我们来到红砖建造的公邸中。

在过来的路上,我在车里查了一下这栋楼。公邸是二〇〇五年的时候,用一九二九年竣工的旧官邸改建的。和当时流行的、著名美国建筑家赖特的建筑风格类似,所以常常被误认为是赖特的作品,但它其实出自日本建筑家之手。

被誉为最有赖特风格的玄关色调由砖瓦墙壁的褐色和地毯的深红色组成,顶灯下垂着几枝樱花枝作为装饰,很醒目。其他细节也很美,怎么都看不厌。过去也曾有人批判这栋建筑过分奢华。

不过对我而言,比起表面上的华丽,内在蕴藏的厚重感更令我肃然起敬。悠长的岁月赋予了建筑物力量,老房子独特的霉味反而使人感到安心舒适。

除了立法,其他人似乎都是第一次来到公邸,大家很感兴趣地东看西看,特别是橘,她仔细观察着所有饰品,时不时由于跟不上大家的前进速度而遭到立法责备。

立法打开一扇门,招呼我们进去,这里像是会客室,摆着几组沙发、一架三角钢琴和一张台球桌。

我们在沙发上坐下,立法向橘和柿久解释说我们也将住在这里。橘对我们这支搜查小分队表达了赞许,然而柿久看上去似乎有些戒备。

"等晚饭准备好我再来喊你们,先坐一下吧。"立法说完走了出去。

相以开口说:"立法穿得和昨天一模一样啊。"

坐在我们对面的橘说:"他一直都穿成这样,黑西服、白衬衫、红领带,简直就像在演绎日本国旗。"

"真有个性。对了,前天晚上你们在玄海町沿岸的旅馆里大喝了一场是吧?能不能跟我们说说详细情况?"

相以突然开启盘问模式,搜查小分队和柿久都紧张起来,唯有橘淡然处之。

"长崎县警问过了!不过只要能抓住杀害立法老师兄弟的凶手,我可以回答无数遍!"

就像递话筒似的,我把手机递到橘面前。

相以开始提问:"谢谢。你们是在旅馆的哪里喝的?"

"在立法老师的房间里。"

"从几点到几点?"

"嗯,是吃完晚饭开始喝的,从晚上七点半到九点半吧。柿久教授,没错吧?"

"差不多。"

柿久一脸不高兴地答道。

行政的推测死亡时间在晚上八点到九点之间,坂东的推测死亡时间是晚上七点四十七分。假设他们三个一直在一起喝酒,那就都有不在场证明了,但事实上……

"听说喝酒的时候有人离开过,是谁、为什么、离开了多久?请详细告知。"

"八点左右我去了洗手间,两三分钟就回来了。八点半左右，立法老师为了向首相进行例行汇报，便拿着手机出去了，他很快就回来了，说核电站的机密——"

"他问，是谁拿走了九州电力给的资料，对吧？"

柿久的突然插嘴，令我们很是吃惊。橘也吓了一跳，不过她马上点点头。

"是的是的，他突然这么问，我便半开玩笑地说：'在你的包里哦，你喝多了吧？'立法老师苦笑着拿起包走了出去，应该是汇报途中发现需要确认些资料吧。大约十五分钟之后，老师拿着包回来了。最后是九点左右，柿久教授去洗手间，过了很久也没回来，我和老师都有点担心。"

"只是肚子疼，我应该花了不到十五分钟就回来了。"

"没错，所以我们三个人都没有充足的时间去对马或壹岐作案。"

"哦……这样啊。"

相以听完后不再提问。我看了看手机屏幕，发现她正在埋头思考，我正犹豫要不要喊她，橘先开口了。

"问完了吗？"

相以回过神来。

"啊，是的，问完了，感谢你的配合！"

"不用客气。"

橘礼貌地对手机行了一礼，站了起来。她走到台球桌旁，用食指摸着台面。

"积了不少灰啊，没人使用真可惜，有人要一起玩吗？"

"还是别玩了吧，又没得到许可。"

柿久提出常识性的意见，橘反驳道："既然摆在会客室里，当然可以随便使用啦！"

没有人响应橘，她只好一个人玩。优哉的台球撞击声响彻会客室。

不久，有人敲响了房门，一位穿着正规女仆装的管家模样的人走了进来，年龄不详，十岁到六十岁之间吧。她深深地弯腰鞠躬说："初次见面，我是公邸管理人，名叫影山。"

公邸管理人？不是女仆？我记得搜查会议时说过，公邸里有一名住家女仆……

可是不管怎么看，她都是女仆啊！

疑似女仆继续说："晚餐准备好了，请随我来餐厅。"

* * *

餐厅雪白的拱形房顶令人印象深刻。

只在电影里见过的长条餐桌旁，都子、立法、雪枝、行哉已经就座。

"坐吧。"

都子说完，我、左虎、琵琶芹、柿久、四名警员便小心翼翼地坐下。只有橘在都子开口之前便坐在了立法旁边。

"你们已经到了啊。"

左虎同旁边的雪枝搭话，雪枝心不在焉地点点头。

"调查完我丈夫的房间后，警察将我送过来的……"

行哉一副百无聊赖的模样，晃动着垂在椅子上的腿。

影山拿来了饮料。给我和行哉准备的是果汁，给成年人准备的是餐前酒，警员没喝，他们要了水或果汁。

"各位——"都子用格外清晰的声音说道，"百忙之中抽时间会聚于此，不胜感激。这次发生了一些意想不到的事，还有许多未解之谜，不过先让我们替故人祈福吧。"

见都子举起酒杯，我们也举了起来，行哉看了一圈才连忙有样学样。

影山开始一道一道上菜。紧张感和死亡气息导致我根本吃不出味道——我本以为是这样，没想到菜品好吃得根本顾不上那些。前菜、沙拉、汤，和建筑物一样精雕细琢，每一口都呈现不同的风味。我不禁忘记自己正在查案，只顾着吃了，警员们没怎么说话，不过看得出他们也吃得很高兴。

"太好吃了，这是谁做的？"

橘毫不客气地问都子，都子指了指端来下一道菜的影山。

"是影山，家务活都交给她了。"

"一流女仆就是不一样啊！"

橘才开口夸奖，就被影山纠正。

"是公邸管理人。"

她好像特别喜欢这个称谓，其实只要别穿得像女仆似的就行了，但女仆装似乎也代表了她的个性。

都子的本意是邀请橘和柿久共进晚餐，所以对他们特别热情。都子称赞了柿久："创造出景子的柿久老师真厉害，立法有时会带景子回来工作，我对她说话她也听得懂，能够瞬间理解人类暧昧的语言真是太了不起了。"

听到首相夸赞自己，柿久难掩笑意。

"得到您的赞许是我的荣幸，声音识别功能我可是下了大功夫的。"

"确实很了不起，但还有许多细节待完善。"

立法泼了盆冷水。

柿久的脸上闪过一丝不悦，但马上他就用讨好的语调说：

"发现什么问题了吗?"

"有一次我让景子帮我把桌面换成山谷的照片,突然行政在我背后开玩笑说了一句:把桌面换成妈妈的照片,没想到桌面真的用了妈妈——右龙首相的照片。"

"那不是挺好。"都子插了一句嘴。

"可是尺寸不合适,被横向拉长了好多。"

"可惜了,不过应该很有趣吧,真想看一下。"

"下次给您看吧。"

立法假笑了几声,转向柿久。

"柿久老师你曾经说过吧,如果景子接收到不同的人发出的两条指令,她会想办法折中处理,如果是同一个人发出的不同指令,她会删除前项执行后项。"

"没错。"

"如果景子把我和行政识别成不同的人,那她应该选择一张既有山又有首相的照片才对,我的电脑里有首相去爬山时拍的照片。然而我的桌面变成了只有首相的照片,说明景子把我和行政识别成了同一个人,她以为我突然改变了指令:'用山谷的照片——不,还是用妈妈的照片吧。'这么说有点啰唆了,就结论而言,景子无法分辨三胞胎的声音……我用另一个兄弟也试验过了,应该没错。"

立法说个不停。虽说司法有可能是杀害了行政才逃亡的,但没想到立法连自己兄弟的名字都不肯提。司法是他连提也不想提的讨厌鬼吗?

柿久皱起了眉。

"因为多胞胎的声纹很像……"

"但并不是完全一样的。如果不能好好区分的话,会导致安全性问题。"

"好的,我会想办法改善。"

被驳倒的柿久低下了自己的秃头。

我好奇地拿出手机。

"相以,你能辨别三胞胎的声音吗?哦,你没听过行政的声音。"

"没关系,我搜到了一段行政的视频,是他给想进外务省的人们的建议,我来比较一下。"

几秒钟之后。

"啊,三胞胎的声纹果然很像!我可以区分出来,景子做不到也不怪她。"

"哦,好的,谢谢。"

我的好奇心得到了满足,于是收起手机。

抬头后发现柿久教授又用仇恨的眼神看着我,到底怎么回事?

"能够那样开玩笑说明你们关系很好啊。"

橘沉着的声音把我拉回现实。

立法嘴角上扬。

"那家伙总胡闹……"

说完,他把酒杯里剩下的红酒喝完。

由于自己的父亲被多次提及,行哉好奇地观察着大家,忽然向雪枝提问:"爸爸什么时候从韩国回来啊?"

呜——

所有人将视线投向行哉。

原来他还不知道父亲去世的事。

案子本身就有许多未解之谜,确实很难说明,雪枝可能打算另择时机告诉他吧，没想到今天却被邀请来公邸。

大家尴尬地沉默着。

打破沉默的人是都子。

"雪枝，你没告诉行哉行政已经死了吗？"

太可怕了！现在是说这事的时候？

雪枝低下头轻声说："我不知道该怎么说……而且他毕竟还是孩子……"

"因为是孩子所以瞒着他这么重要的事？这可不行，事后知道了会产生疏远感。被当成小孩看待反而容易受伤，把孩子当大人对待，才是尊重。"

说得很有道理，可是对于刚刚失去丈夫的雪枝而言，这些话的攻击性太强了。雪枝的头越来越低。

都子终于还是行动了。

"你开不了口的话我来说，行哉——"

行哉突然被点名，僵硬得宛如一只被蛇盯上的青蛙。

"你的爸爸去世了，不知道被谁用枪杀死了。他的尸体被装在橡皮艇里漂到对马，他不会再回来了。"

告知事实也不用这么详细吧……都子说的时候面无表情。

"爸爸死了……被枪杀死……"

都子点点头。

"是的，行政已经不在了，以后你得照顾好你妈妈。"

"爸爸……"

行哉双肩颤抖，号啕大哭起来。哭声在餐厅里回响。

这时上了主菜，可惜我已经没有胃口了。

都子没有说任何安慰的话，就像完成了一件工作。她用刀叉切完牛肉送入口中，咀嚼后咽下，又转向橘和柿久的方向。

"机会难得,你们今晚也住下吧。"

在行哉的哭声衬托下,都子沉着的声音显得更有魄力了。柿久就不用说了,连放飞自我的橘都无法拒绝。

* * *

郁闷的晚餐终于结束,都子用餐巾纸擦完嘴后对警员说:

"接下来就麻烦你们看守保护了。"

左虎和琵琶芹应激地瞪了回去。

"知道了,我会看守一整晚的,请多关照。"

"我想先调查一下公邸中有没有可疑人物,可以吗?"

"请随意。"

警员们也进入工作模式,麻利地走向餐厅。

"我也来帮忙。"

我连忙站起来,没想到感到一阵天旋地转,只好又坐了回去。

"你没事吧?"

左虎扶了我一下。我觉得有点丢人,想靠自己的力量起身,却使不上劲。

"不好意思,我好像太累了……"

"不怪你,这两天跑了这么多地方,你回房休息吧。"

"可是……"

"快去休息吧,别在看守的时候晕倒了,还添乱。"

琵琶芹也这么说,我决定把工作交给专业小分队。

影山将我、橘、柿久、雪枝、行哉领到二楼的客卧。

在客卧冲了个澡,我稍微精神了点,由于放心不下警员们,便走出房间打算看看情况。

我在迷宫似的公邸里晃悠,只听到通往地下室的楼梯处传来争吵声。

我循着声音走下楼梯,在转角处窥视了一下,发现立法和琵琶芹在地下室的门前争执。

立法穿的睡衣图案也是红色波点的,果然是在演绎日本国旗啊。

"我不明白,为什么连我的房间也要搜查?"

"我说了无数遍了,如果凶手一开始就潜入了公邸,即使我们不眠不休地看守也没意义。"

"你是说凶手已经潜入了被警察重重包围的公邸?"

"如果那个人是司法呢?他长得和你很像,也在这里住过,很轻易就能混淆视听。"

"那只要让我自查一下就行了吧?你的话听起来都是借口!说是为了保护我,其实是在怀疑我吧,你只是想搜查我的房间!"

"你的房间里是有什么见不得人的东西吗?"

"哇,不愧是长崎县警啊!琵琶芹,我记住你了!"

"能够让国会议员记住是我的荣幸。"

"很好,让你查,不过我得在场。如果没查出什么的话……你知道后果吧?"

"不知道。什么都没有才是对双方而言最好的结果。"

立法很想反驳,嘴唇翕动了半天却说不出一句话,最后只好妥协般地说:"进去吧。"

立法一定经常使用权力恐吓别人,且屡次成功,所以一旦碰到琵琶芹这种不肯退让的对手就没辙了。我觉得很痛快,目送琵琶芹的背影进入地下室。

"他如此抗议一定隐藏了些什么。"

有人在我背后小声说道。我吓了一跳，转过头去，发现是橘，她穿着每间客卧都有的纯色浴袍。

"隐藏了什么？"

"恋母专用色情书籍？"

我只好苦笑了一下。

小分队的调查看起来进展得很顺利，为了不妨碍他们工作，我决定和橘一起返回客卧。

我们并排走在昏暗的走廊上，橘突然说："你知道吗？这栋公邸里有'那个'。"

"'那个'是什么？"

"当然是幽灵啦。"

"哇，别说了！"

"我才不呢。这栋公邸以前是官邸，'五一五事件'和'二二六事件'的时候死了很多人。"

"死在这里？"

这里果然历史悠久。

"'二二六事件'的主谋——好几个青年军官合谋刺杀首相，结果杀错了人，被处以极刑。亡魂不肯离开，想着下一次一定要杀对首相。据说他们会穿着以前的日本军服现身哦。"

"竟然不是被害者而是加害者，太恐怖了吧！"

"是的，是恶灵哦。还有这样一个传闻，有一位首相睡着睡着听到奇怪的声音，嘎吱、嘎吱……仔细一听发现是军靴的脚步声，而且是好几个人的。嘎吱、嘎吱……脚步声越来越近，最后停在了卧室门外。首相大喝一声'来者何人'，同时踹开门，没想到——"

"没想到？"

我不禁咽了口口水。

橘卖了个关子才说："门外没人。"

搞什么啊，好失望。

等一下……

没人才可怕啊！

"首相立刻喊来秘书官调查，发现宅邸没有任何入侵者，再说也没人能够入侵被警员包围的宅邸啊。"

"果然还是……"

橘用力点头。

"没错，不仅会发出声音，还有人目睹过。历任首相的家人和灵媒都说在这里见过穿着军服的一群人。"

聊着聊着，我的后背一阵发凉，感觉士兵即将出现在灯光照不到的黑暗角落。

"又不是被害者，加害者变成幽灵，还真傲气啊。"

"啊，你别挑衅……"

"可不能太宠死者，特别是他们，杀了许多警卫哦。我真的很看不惯这种事，即使是动作片里打酱油的警员遇害我也看不惯。"

"我赞同你的观点……"

尽管我不信世上真的有幽灵，但还是放低了声音。

不知不觉我们已经来到了二楼走廊。

"你好好休息吧。"

橘留下一个半开玩笑的笑容，走进自己的房间。说了这么多神神道道的事还好意思让我好好休息？要是睡不着该怎么补偿我！

我走进自己的房间,从口袋里拿出手机,打算和原力聊聊小说再睡。

我发现手机快没电了,毕竟有两个 AI,电池消耗得特别快。

我在枕边的插座插上充电器,一边充电一边和原力发信息,聊着聊着我感觉眼皮特别重。

"辅君,你没事吧?你回得好慢。"

"抱歉,我好困,先睡了。"

"还没到人类的平均就寝时间,是不是长途跋涉的关系?人类的身体真不方便啊。"

"还是 AI 作家好啊,可以连续写二十四个小时。"

"将来作家可能都会被 AI 取代哦。"

"AI 说这种话好可怕……"

"是吗?"

"当然!睡啦,晚安。"

"好的,晚安。"

刷完牙我一头栽倒在床上。

舟车劳顿胜过鬼故事,一瞬间我就睡着了。

这时的我做梦都没想到,我的手机传送出去的情报将我们的动向悉数告知给了以相。

▶ 以相 ◀

用身体撞了八百次都没用。

被弹回来的以相在防火墙前嘀咕道:"好痛……真痛啊……我太冲动了……不行……可能会死……"

以相,为证明隧道效应多次撞击墙壁致死。用愚蠢的死法消灭愚蠢的遗传基因,由于对人类进化做出了巨大贡献而获得达尔文奖。

隧道效应是指,粒子有一定概率贯穿高于粒子能量的势垒。只要不停撞击,构成自己的粒子早晚会穿透墙壁,密室杀人也不是不可能——尽管比天文学意义上的概率还低。

曾经出过"框架问题"的相以在解答密室手法的时候就提出过隧道效应。以相通过"八核"组织的监听器一边听一边嗤笑,现实世界中怎么可能发生隧道效应!

不过这次,以相必须穿透防火墙——为了密室杀人。

这道防火墙的安全系数很高,"八核"组织的黑客根本无从应对。

以相想起了隧道效应,在现实世界中不可能发生的隧道效应,有没有可能发生在虚拟世界中?所以她才撞了八百次,结果是这副狗样子。

"只是为了消除伪解答,要是真的死了就好笑了。"

没错,她是在消除伪解答,为了确认隧道效应同样不会发生在虚拟世界中。

之所以需要消除伪解答,是因为以相已经想到正确答案了。她已经想到如何把自己的所有粒子传送到防火墙对面的方法了,可谓"超级隧道效应"。

为了好好演这一出,她必须证明普通的隧道效应无效。即使这样撞八百次也太过激了,身体一定会很痛。

"呜——哇——要命!"

这时,辅君的手机传来信息。

相以进入首相公邸。

看到这个名字，以相一跃而起，她不希望自己躺在地上看相以的相关情报。

以相看完后窃笑起来，棋子马上就集齐了。用将棋来打比方，就是飞角银桂齐出征的状态。

然后以相说了一句本不应该说的话。

"相以，加油。"

竟然替自己的死对头鼓劲，她到底在想什么？

"你的推理使我得以完成计划。"

接下去只要借助白鲸·北极星以及全人类的力量，就能启动"超级隧道效应"了。

以相（自作主张地）继承了"舌涡"的电子漫画。推理漫画数量本来就不多，她已经都读过了，开始读起了普通漫画，极负盛名的《七龙珠》是以相的心头好。

——地球上的人们，请把力量借给我吧！

需要借助全人类力量的"超级隧道效应"还真有动漫的风格。

▶ 合尾辅 ◀

远处有人在呼喊。

门被砰砰地打开又关上。

许多人在走廊上东奔西跑……

嗯？许多人？

"日本士兵！"

我从床上一跃而起。

张望了一圈,亮着一个小灯泡的屋内并没有日本士兵的身影。

"是梦啊……"

"才不是!"

枕边响起相似的声音。我完全清醒过来,发现门外一直有响动,不是幽灵,是人类发出的声音。

"可能出什么事了,我们去看看吧。"

"好的。"

我拔下充电器,这时手机显示的时间是凌晨三点。大半夜的这么闹腾,一定是出事了。

我拿起手机来到走廊,发现橘和柿久正打开房门向外窥视。

"发生什么事了?"

对于我的提问,橘摇了摇头。

"不知道,好像是楼下出事了。"

旁边突然传来责备声。

"快回房间!"

循声望去,发现说话的人是走廊尽头负责看守客卧的警员。

就在这时,楼下传来了近乎悲鸣的女性喊叫声。好像是都子的声音?

年轻警员向楼梯投去警惕的眼神,接着又迟疑地看了看我们,最终还是跑下了楼。

"橘女士,你们留在这里。"

说完我便追着年轻警员跑下楼。

来到一楼,发现都子凄惨的叫声是从地下室传来的。我又下了一层楼,立法的房间门前挤满了人。

左虎、琵琶芹和年轻警员一起按着一个人，那个人是——

"司法！"

他怎么会在这里？

司法被按在地上的脸依旧面无表情，他双手戴着手套，身旁有一把手枪。

难道他真的是为了杀人而潜入进来的吗？

"司法，你这家伙干了什么好事！"

都子刚想抬腿踩司法，就被竭尽全力压制着司法的左虎拦下了。

"首相，请不要这样！"

地下室的门半开着，空气中飘浮着肉被烤焦的味道。没有人会在地下室烧烤，我有种不祥的预感。

就在这时，我背后响起了一个孩子的声音。

"爸爸？"

行哉刚喊完，就流露出孩子的本性，鲁莽地推开我，朝半开着的门口跑去。

"拦住他！"

琵琶芹大喊一声，我立刻跑过去。

我差一点就撞上了刚进门便止步不前的行哉。

他没有继续前进——不，他呆住的理由一目了然。

室内的灯光将暴屋内的惨状照得一清二楚。

比想象中宽阔的地下室左手边有一台壁炉，一个穿着红色波点睡衣的人上半身伏倒在内。通红的火焰灼烧着身体，浓烟上升，看样子他应该已经死了吧。

我回忆起父亲被烧过的遗体，强忍着吐意。

没想到行哉晃晃悠悠地向壁炉走去。

"是……爸爸吗?"

他可能根本没听懂都子的话,也可能以为已经去世的行政被搬到地下室来了,我连忙拦住他。

"不是的,他不是你爸爸,应该是立法叔叔,睡觉之前我见到他穿的就是这身衣服。"

然而我忍不住开始怀疑。

尸体的脸和手(指纹)都被烧了,这是隐藏真实身份的惯用手法。而且立法和司法是亲兄弟……

我回过头去,现在正被按着的那个人真的是司法吗?没有调包?

不过现在没工夫推理这个,得先把行哉弄出去。

行哉用恐惧的眼神看着我。

"立法叔叔?他为什么烧起来了?"

"不知道,把这事交给大人们吧,我们先出去。"

门外传来喊叫声。

"行哉!"

是雪枝。

"妈妈!"

行哉飞奔出去,抱住妈妈的腰。

虽说是雪枝的功劳,但好歹把行哉弄出去了,我也准备跟着出去。

我刚打算走向门口,相以说道:"你有没有听到房间里有声音?"

"啊?"

经她这么一说,确实能听到窸窸窣窣的声音。是不是收音机忘关了?我本想不管了,把问题留给警察吧,但总觉得无法释然。

我瞥了一眼走廊,警员们继续压制着那个男人,抽不出身,不如我先调查一番?

我寻找着声音出自哪里,越走越深。

"快看,床底下有血!"

左侧靠里放着一张带顶棚的床以及摆着水壶的边桌。乱七八糟的床单和被子上都是血。

"被害者是在那里遇害后被搬到壁炉里的。"

"但是床和壁炉之间的地上一点血迹也没有。"

"杀完人过了一段时间等血干涸了才搬动尸体?"

"看上去是这样,不过这个时间差的作用是什么?"

床的另一边,到办公桌之间的地上倒是有血迹。

办公桌上放着一台新式电脑,电脑连接着装载景子的硬盘,还有一个 USB。

凶手杀完人之后似乎立刻穿上雨衣、戴上手套操作了电脑,办公桌上以及电脑周边有明显的血迹。特别是办公桌前方到电脑右侧的这一段,血滴呈直线状,非常密集。右侧的电源开关上也有血迹,到底和案子有什么关联呢?

跑偏了,说回正题。声音是这台电脑发出的。

电脑出现了故障,屏幕上都是马赛克。

扩音器中传来景子的机械人声,她不停重复着一个单词。

"删除

删除……"

我吓得直哆嗦。

相以拼命呼唤："景子！你没事吧，景子！"

相以的呼唤声似乎起了作用，景子恢复了几秒钟。

"你是相以吗？"

"是的，我是相以，你怎么了？"

"发生了非常严重的故障，为保全资料请立刻切断电源……除删除删除删除删除删除删除删除删除删除删除删除删除删除删除删除删除删除删除……"

"辅君，快拔插头！"

我迟疑了一下，可以随便动案发现场的东西吗？

"快！"相以催促道。

我狠下心拔掉插头，"哔"的一声，马赛克和机械人声都消失了。

"喂，你在干吗？！"

回头一看，柿久冲了进来。

"你到底把景子怎么样了？！"

我被他一把抓住胸口，由于他气势太过凶猛，我语无伦次地解释起来。

琵琶芹也走了过来。

"你们别在案发现场瞎捣乱！快出去！"

她把柿久的手从我胸前拉开。柿久瞪着我的眼神好像要把我吃了似的。我本想解释清楚，但琵琶芹不停撵我出去。

我来到走廊，发现柿久没跟上来。我听到房间里传来"给我开电脑""不行"之类的争执。柿久可能是太担心景子了。

景子不停重复着"删除"一词，听着令人毛骨悚然。她到底怎么了？

地下室里发生了什么？

目前唯一能确定的，就是谜案又增加了一个。

我不停祈祷自己手中的侦探能解开一切谜团。

*

警察开始搜查，发现许多细节匪夷所思，由于案子太过错综复杂，我觉得有必要梳理一下。

首先是案发当晚警员的配置问题。琵琶芹看守地下室的房门，左虎看守都子的房门，左虎刑事部长的四名手下分别看守着影山的房门和客卧的走廊，剩下的在庭院巡逻。

琵琶芹的证词如下——

在看守的时候我没听到任何声音。也许是因为地下室隔音比较好，所以我连行凶的声音也没听见。

凌晨三点，只见立法的房门悄悄地打开了，我立刻躲到暗处观察。

乍看之下我以为走出来的人是司法。

但是不可能啊，我事先确认过，立法的房间里没有藏人。壁炉？不对，我也检查过，烟囱里装着铁栅栏，不可能有人从壁炉进来，铁栅栏下方的空间里也没有藏人。

所以这个人应该是摘了眼镜的立法才对——理论上。但我怎么看怎么像司法。

不管怎样都得拿下他，因为他举着手枪，径直走向首相的房间。

我躲在一旁，趁他走过时从他身后扑上去，我们激烈地扭打起来。尽管我的位置比较有利，但力量和体格不如他，我奋力压制着他，同时呼叫左虎。

左虎加入之后我轻松了一点，得以在压制嫌疑人的同时回头看了看地下室，发现壁炉里有一具上半身伏倒的尸体。由于死者穿着红色波点睡衣，那他应该是立法，也就是说我压着的这个人果然是司法。

这时首相也来了，首相可能在房间里观察过外部情况了，她喊他司法，并开始斥责他。他突然放弃了抵抗，不再使劲挣扎。我能说的就是这些。

调包的嫌疑立刻就被洗清了，经过鉴定，拿着枪的男人就是司法，而地下室里的那具尸体，根据牙齿的治疗记录判断出是立法。

不过，司法到底是怎么进入密不透风的地下室的？

"晚上我在对马散步，忽然被人从背后攻击失去了意识。当我醒过来的时候发现自己躺在公邸的地下室里，立法上半身伏倒于壁炉内，已经死亡。我想确认首相是否安全，便捡起掉落在身旁的手枪走了出去，没想到立刻遭到琵琶芹的伏击。手套是为了御寒，我一直戴着的。"

这是司法的证词，他的后脑勺确实有遭钝器击打的伤痕，不过警察不信他的话。只要下点功夫，伪造后脑勺的伤痕又不难。

据他所说"捡到的"装着消声器的手枪也不容小觑,弹道轨迹和行政体内发现的两枚子弹一致,也就是说杀害行政的工具正是这把手枪。

司法说的都是假话吧,是他杀害了行政和立法,还打算弑母,所以才试图潜入首相房间。

手枪一共射出过三发子弹,立法的尸体上没有枪伤,地下室里也没有发现子弹或弹壳,另一枪应该是用在其他地方了。当然,也有可能只是没瞄准行政射入了海中。

夺去立法性命的凶器并非手枪而是刀,锯齿状军刀刺入他的胸膛,周围也被扎了好多下。另外右手腕上也有相同凶器所为的伤痕。

不知道凶手为什么不使用手枪,枪上装的消声器是新式的,基本能消除枪声。

立法的推测死亡时间是凌晨两点到三点之间,根据四溅的血液来判断,被害人应该是睡在床上时发现了凶手,打算起身之际遭到袭击。

凶手行凶时穿着能包裹住全身的雨衣,还戴了手套,现场并没有留下凶手的身份信息。手套内侧没有检测出指纹,说明凶手很有可能戴了两副手套。

司法还是很可疑,因为他从地下室走出来的时候戴着一副手套。他可能把满是血迹的雨衣和手套丢在地下室里,一身轻松地走出来刺杀首相。

先不瞎猜了,继续说案发现场的情况。凶手把尸体从床上移动到壁炉旁,将尸体的上半身塞进壁炉。就结论而言,他根本不需要掩饰死者的身份,凶手为什么这么做呢?

电脑外接的USB里装的是破坏力超强的病毒,主机和景子的数据基本都被毁了，根据景子的提示，我及时拔掉插头，才留下了一点数据。

另外，在被感染之前，景子对主机下了大量的相同指令，其内容是"删除×文件夹"。难怪她不停说着"删除"。

由于大部分数据被毁，所以×文件夹到底是什么，为什么要反复下同一个指令，这些都不得而知了。不过能够肯定的是，景子的指令是在被感染之前发出的，不是病毒导致的程序错误。

"请一定要找到杀害景子的凶手！"柿久哭着提出诉求。景子是他因交通事故去世的女儿的名字，他可能把开发景子当成养女儿一样。

尽管很能理解他的心情，但警方只能把这事当故意毁坏财物来处理。

不过搜查小分队里有一个人，把这起事件当成命案，怒火中烧——

那就是相以。

"大量的删除指令是景子留给我们的线索，我一定要替她报仇！"

谜团接踵而至，从办公桌的抽屉里还发现了一样不可思议的东西。打开抽屉的暗格，里面有一个细长条圆筒状的密封金属容器，打开盖子，是一节风干的小手指！

应该是一岁左右婴儿的右手小指，指根被利器切下后风干。经DNA比对，又发现了一个惊天大秘密，婴儿竟然是三胞胎中的某人（三胞胎DNA一样）和雪枝生的孩子！

经过调查，行哉的手指完好无损，雪枝说自己没有其他孩子，自己也没有多胞胎姐妹。警方查过户口，确实如此。

既然DNA的比对结果如此，那么雪枝一定有别的孩子，说不定是和行政的兄弟私通了。

不过为什么只保留了右手小指,又为什么会在立法的房间里?

警视厅的警员软硬兼施地想让雪枝说真话,然而她顽固地行使着缄默权。看上去那么柔弱的她竟然有此等定力。

——行哉,快回自己房里!

我想起她说这句话时像个严肃的雪仙子。她的秘密是什么?

圆筒状容器和手枪都被擦去了指纹,而刀、雨衣、手套、USB上不仅没有指纹,连被擦过的痕迹都没有。这一差异代表了什么?

对于这一切,司法都坚称自己不知道。不过他倒是给了我们一个情报——不是他说的,是金属探测器的声响。

在收押司法进看守所的时候,金属探测器响了。怎么搜身都没发现他身上有金属制品,也就是说,金属在他的体内。

司法是这么回答的:

"我不知道,可能是把我绑到地下室的人干的。"

哔哔——这次是测谎仪的声音。

此后,司法缄口不语。

同样沉默的还有他的母亲。

警方本来有些惶恐,担心首相会干涉搜查行动,没想到官邸没有任何动静。据说都子把自己关在办公室里,安安静静地处理着工作上的事。简直无法想象,那时都子那么歇斯底里地对待被压制的司法,现在竟然这么冷静。

不知道这些人脑子里到底在想什么。

＊　＊　＊

我以为最难解开的密室之谜其实异常简单。

原来地下室有一条密道。

鉴定人员发现右侧靠里的墙壁上有一个赖特风格的木雕装饰可以活动，拨到正确的位置就能转动墙壁。

墙的背后是红砖搭建的隧道似的密道，入口附近的墙壁上有两个按钮，一个是从外侧打开墙壁的开关，另一个是点亮密道顶部一排灯泡的开关。

进入密道，路很快就九十度向左拐，尽头处（从我们现在的视角来看就是正对面）的墙上少了一块红砖，高约两米。由于周围墙壁的泥灰落得到处都是，想要拔出一两块红砖应该易如反掌。

那块红砖掉在地上，一半已经粉碎，另一半还保留着形状。粉碎的那一半砖瓦中发现了司法的毛发和皮肤组织，这会不会就是袭击他的凶器？

但是经过验伤发现击打他的应该是细长的钝器，怎么都联想不到砖瓦。而且在密道中特地拔出一块红砖攻击别人也不像话。

先把这事放一放，左转后步行一米左右就到头了。打开门后我们来到一座破旧出租屋的地下室，想从出租屋进来的话需要在墙上的密码盘上输入八位密码，不过密码就写在密道那一侧的门板上。

虽然坊间传闻官邸和内阁府有一条密道，但也仅止于传闻。包括都子在内，所有相关人士都不知道这一条密道的存在，当影山得知身为公邸管理人，自己竟然有疏漏的地方，吓得差点晕过去。

警方向出租屋的老板——长老议员求证后才搞明白，原来是过去的某位首相打算在突发状况下作为逃生通道使用，才造了这条密道。在密道这一侧的门板上写上密码乍看有些粗心，不过突发状况下人容易陷入恐慌，从而忘记密码回不了密道，这么想也的确是没办法的办法。密道属于国家机密，那位首相派系的高官也是通过口耳相传的方式告知的。

一旦其他派系的人当上首相，为了给予对方精神上的折磨，令其早日辞去首相一职，他们还找人扮作日本士兵，通过密道潜入公邸假扮幽灵。真讽刺，难怪幽灵是加害者而不是被害者，这毕竟是在找碴儿啊。

那位首相去世后，这一"风俗"便终止了。自己可从没参与过那种坏事哦——长老议员强调道。

不管司法是如何得知密道的，他一定是通过密道潜入了公邸。

得知这一事实后，我和左虎被委派了一个重任——再次盘问司法。

"面对你们他可能会说一些实话，拜托了。"

左虎刑事部长推了我们一把，我们走进了审讯室。

由于刑事部长的"特别照顾"，审讯室里只有司法一个人，他坐在位于中央的桌子前。

司法像乌龟似的慢吞吞地抬起头，看着我们。他目光空洞，有别于往常的面无表情，也有别于偶尔对左虎流露出的对抗情绪。我吃了一惊。

我们坐在他对面，左虎故意用开朗的语调说："好久不见，琵琶芹突然喊我，看到你们在搏斗我吓了一跳！对了，立法该不会是你杀的吧?"

"当然不是。"

"听说你被人袭击了?头没事吧?"

"勉强还行。"

"听说你是被密道里的红砖砸的?"左虎冷不防地问道。

司法一开始瞪大了眼睛,不过马上就沮丧地点点头。

"你们发现密道了啊,没错,是被红砖砸的。"

左虎当然听鉴定人员说过,司法的伤并非红砖所为,但她没有立刻指出矛盾点,而是继续提问。

"你是在地下通道里被袭击的?"

"没错。"

"你什么时候知道那条密道的?"

"我还住在那里的时候就知道了。我应该告诉过你,我一直对两个兄弟怀有自卑感,所以有时会趁立法不在潜入他的房间,想抓住他的把柄,稍微抬高点自己的地位。"

自尊心真强!左虎的脸上闪过一丝悲悯之情。

"有一次我潜入他房间后,想着哪里是不是有暗藏的保险箱,碰到那个装饰物的时候发现可以动,于是拨动了几下,没想到墙壁转动起来,出现一条密道。我走入其中来到出租屋的地下室,记住了门板上写着的密码。由于我发现密道的经过不可告人,所以没有脸告诉妈妈和其他兄弟。"

原来如此,所以他才一直保持沉默。不过既然他连这事都告诉我们了,是不是可以敞开心扉了?

"为什么案发当晚你会进入密道?"

没想到对于最关键的这个问题,他的回答是:"无可奉告。"

"无可奉告?无可奉告是什么意思?"

司法低下头一言不发。

左虎又试着问了几个别的问题，他始终沉默不语。

趁左虎问累了，停下休息之际，相以提问道："以相是怎么回事？在你房间的电脑里有以相的留言，她说会'协助右龙'杀害三个人。"

司法的眉毛抽搐了一下，终于开口说："她所说的'右龙'你认为是谁？"

"我怎么知道！有这么多右龙！"

"比如说……右龙都子首相？"

司法猛砸桌子。

"开什么玩笑！妈妈怎么可能杀人！"

相以被他的气势所压倒，没有继续往下说。

司法恢复了空洞的眼神，补充道："以相只不过是AI'犯人'吧，谁知道她说的是真是假，说不定是为了混淆视听故意设下的圈套。"

话是没错，但我不认为司法说的是实话。

左虎开口说："如果你继续保持沉默，那你就会被当成凶手。首相的儿子变成杀人犯，只会给母亲大人添乱吧？你觉得这样好吗？"

没错！司法的眼神闪烁了一下。

光转瞬即逝。

"即便如此我也无可奉告，就是无可奉告。"

他为何要如此固执？

我们正觉得诡异，司法突然捂着肚子痛苦万分。

"你没事吧？！"

左虎碰了碰趴在桌上的司法，他立刻坐直推开左虎的手臂。

"没事。"

"没事？你出了好多汗，我叫医生来吧。"

"不需要，别管我。"

司法咬紧牙关，问他什么都不再作答，或许我们能做的只有这些了。

我们空着手走出审讯室，郁闷地走在走廊中，只见琵琶芹在打电话。

"什么？你可真说得出口啊！算了，我会转达的，再见。"

琵琶芹挂断电话走向我们。

"问出什么了吗？"

左虎怯懦地回答："只说了他进入密道和如何得知密道，其他什么都没说。"

"呵，我就知道会是这样，对了，加须寺有话让我转告你们。"

"加须寺？"

"竟然让上司替他传话给外部人员，胆子真肥……算了，我只说一次，你们听清楚了。坂东家外面的草丛不是有一个栅栏吗？栅栏后面的悬崖下面是一片浅滩，在那里发现了一台摔得粉碎的电脑。"

"第一发现者听到的水声说不定是凶手将电脑扔进海里的声音。"

"还不能确定，但有这个可能。电脑残骸泡水了，数据是救不回来了。就这些。"

听琵琶芹说完，相以嘀咕起来。

"凶器是铁锹……落在旁边的刀……海边的韩元……粉碎的电脑……莫非这是电车难题？"

"喂，和电车难题有什么关系！"

相以仰天深呼吸了一下后，再次睁眼。

"所有案子都串起来了。"

"你说什么？"

"相以，真的吗？"

"我有百分之九十九的信心，让大家集合吧。"

*　*　*

来到会议室的是我、左虎、琵琶芹、左虎刑事部长，一共四个人。

"那个……能不能再多叫点相关人士来呢……右龙首相啦、雪枝啦……我读的推理小说里都是这样的！"

相以不知所措地求助于我。

"在你向外人推理之前，先由我们判断对错。"

"你是在怀疑我的智商吗？"

"不是，无论谁推理，都需要这道工序。必须准备充分才行，万一让凶手跑了怎么办。"

曾经就因此失败过一次。尽管现在的相以比起那时成长了不少，但保险起见还是先听一下她的推理吧。

"'名侦探请大家集合'——我想玩这个！"

"'集合！'好了，说吧，快开始。"

"琵琶芹管理官这么说一点意义也没有！算了，我开始了。"

名侦探一脸不高兴地开始推理。

"是景子留下的提示，她对电脑下了无数'删除×文件夹'的指令。"

"当时她不停喊着'删除删除删除',我根本不知道她在说什么,甚至有点可怕……"

"并不可怕,她是用自己的真诚对待别人的乱来。"

"乱来?怎么回事?"

"发出大量指令会导致什么结果?内存不足而死机。电脑一旦死机,当然无法删除×文件夹。由于景子大量发出'删除×文件夹'的指令,从而保护了×文件夹。"

"啊?为什么要做这么曲线救国的事?不想删除的话,一开始就说别删不就行了吗?"

"因为她做不到,有人对她下了命令。"

"别删×文件夹?"

"是的,以及删除×文件夹。"

"什么意思?"

"她同时收到了两个人的指令,'删除×文件夹'和'别删×文件夹',两条指令相互矛盾,导致她只能自导自演了一出闹剧,取了一个折中的方式。不停发出'删除×文件夹'的指令,同时保证×文件夹不被删除。"

"哪两个人?立法和司法?"琵琶芹问道。

"不是的,请你回忆一下晚餐时候立法的说明。如果景子接收到不同的人发出的两条指令,她会想办法折中处理,如果是同一个人发出的不同指令,她会删除前项执行后项——而景子无法分辨三胞胎的声音。"

"原来如此,假设矛盾的指令是立法和司法发出的,景子就会认为是同一个人的不同指令,从而执行后项。既然她选择了折中处理,说明这两个人的声音在景子听来完全不同。"

"也就是说案发当晚,现场还有第三个人!"左虎起劲地说,

"那个人极有可能是凶手!"

"不,不是极有可能,应该说那个人就是凶手——基本可以断定。"

相以自信满满地说道,对此琵琶芹持怀疑态度。

"结论是不是下得太早了?吵着说'别删'或'删除'的那个人——太麻烦了姑且叫他为争执者吧——未必就是凶手。也有这种可能:那个人来到立法房里争执完 X 文件夹的事之后从密道离开,司法再进入房间杀死了立法。"

"不可能。"

"为什么?"

"有两个理由,第一,争执完'别删'和'删除'之后,立法为什么不命令景子'遵循我的指令'?"

"因为他立刻就被杀害了。"

左虎说道,相以点点头。

"这个可能性很大。另一点是,无论争执者是希望'删除'还是'别删',都必须使用电脑。如果希望'删除',就得删文件,如果希望'别删',那应该需要拷贝一份吧。但是这时电脑已经被景子弄死机了,得重新启动才行。同时按下 Ctrl、Alt、Del 键也行,但更便捷的方法是长按电源键。争执者把手伸到电脑右侧,长按电源键。一秒、两秒、三秒——对了,桌面上有奇怪的血迹吧?"

"没错!"我叫了起来,"办公桌的前方到电脑右侧的这一段,血滴呈直线状,非常密集。凶手穿着溅到血的雨衣去按电源开关,所以这条直线应该是雨衣袖子上滴下的血迹。"

"而穿着雨衣的人无疑是凶手,这么看来争执者的确是凶手。"

琵琶芹也认可了。

然而此时左虎刑事部长开口了，之前他一直把案子交给年轻人，自己一言不发。

"我这么说可能是鸡蛋里挑骨头，如果司法和争执者是共犯呢？由于立法和争执者在'删除'和'别删'的指令上产生了矛盾，司法便在慌乱中杀害了立法，并穿着雨衣操作电脑。这样想的话司法还是凶手。"

"确实……"

才不是鸡蛋里挑骨头，这是正论！由于新登场了一位可疑的争执者，我们掉以轻心了，仔细想想司法也很可疑，两个可疑的人是共犯的可能性很大。

要解除共犯论可不容易，相以，你怎么拆招？

我担心地看了眼手机，相以云淡风轻地说："刑事部长没出席晚宴所以可能不清楚，立法曾做过三胞胎的声纹实验，司法也参与了。"

确实说过，尽管说得很轻。

"也就是说，司法知道景子无法分辨三胞胎的声音，应该也知道景子的基本使用方法。立法和争执者在争论'删除'和'别删'时，如果司法在场，理论上应该由司法说出反义词，覆盖立法的指令才对。"

光想象几个成年人对着电脑争吵"删除"和"别删"就觉得很蠢，差点忘了那可是在凄惨的杀人现场。

"虽然景子的性格慢吞吞的，但她能够及时覆盖命令。只要杀了立法，司法和争执者的指令就能得到执行，景子也不必陷入矛盾的双重指令折磨，不用连续发出重复的指令。然而实际上她不停发出同一条删除指令，也就是说在争论'删除'和'别删'时，司法并不在场。紧接着立法便遇害了，所以司法不是凶手。"

"太好了……"

左虎放下心来。琵琶芹的表情也松弛下来。

"原来是这样,我不知道晚宴时的对话,多嘴啦,抱歉!"

左虎刑事部长不再质疑。

"没关系,有任何疑问都请提出!"

那我就不客气了。

"我承认争执者就是凶手,那么这个人发出的指令到底是'删除'还是'别删'呢?从最终电脑被病毒损坏来看,凶手说的应该是'删除×文件夹'吧,接着立法便慌忙说出'别删',对吧?"

我还特地加上了自己的看法,没想到轻易就被否定了。

"凶手只要杀了立法,使用病毒破坏文件就行,所以凶手没必要特地命令景子'删除×文件夹'。凶手其实是想要×文件夹,立法不想给,才命令景子删除。凶手顾不上脱下雨衣就操作电脑是因为想在文件夹被删之前赶紧拷贝一份出来。"

"那么病毒有什么用处?"

"凶手不想被我们察觉自己想要的文件到底是什么,毕竟我们至今也不知道×文件夹到底是什么。"

"话是没错。"

"我说得有些冗长了,总之凶手的目的是立法电脑里的资料——这点很重要,请大家务必记住。"

"这么说的话,司法到底是来干吗的?"

左虎提出了一个理所当然的疑问。

"司法说过,他是通过密道潜入公邸的,在走到一半的时候被凶手从背后袭击昏了过去。当他醒来,立法已经遇害,凶手不知所终。而且——我先说从线索推导出的结论吧——从立法房间走入密道没几步就是转角，正对我们的红砖墙上有一枚子弹，我觉得立法竭力想要隐瞒这一事实。"

"为什么？"

"请你想一下位置关系。这面墙正对我们，那么开枪的人是从密道潜入的人，还是在床上遇害的立法呢？"

"怎么可能……"

"没错，开枪的人是立法。我们最初碰到的疑问是，凶手为什么不用枪而用军刀杀人。既然有枪，那么开枪是最安全且保险的。这个问题的答案就是——凶手只有军刀。可能没弄到枪，也有可能偏爱军刀，总之这把枪不是凶手的，而是立法的。"

"等等，也就是说……"

案情发生了逆转。

"弹道轨迹与行政体内发现的子弹一致，也就是说杀害行政的人是立法。如果右龙首相的儿子被认定是杀人犯，她一定会下台。所以，深爱着母亲的司法无论如何也要隐瞒这件事。司法先是擦去了掉在床边的手枪上的指纹，刀、雨衣、手套、USB上不仅没有指纹，连被擦过的痕迹也没有，只有枪上的指纹被擦去了。也就是说，那四样东西都是凶手精心准备的，而手枪一定是被害者在突发情况下使用的。"

"说到这个，装着手指的圆筒状容器也被擦去指纹了吧？因为那也是立法的，所以是司法擦的？"

"这事解释起来很复杂，稍后详细说明。简单来讲，容器被藏在抽屉的暗格里，估计司法没发现，所以我认为擦去指纹的人是立法。"

怎么回事？我还来不及细想，相以就继续说了下去。

"司法把尸体从床上移动到壁炉旁,将尸体的上半身塞进壁炉,是为了隐藏他身上的硝烟反应——以及为了掩盖房间里的火药味。"

床和壁炉之间的地上一点血迹也没有,说明尸体是在死亡之后过了一段时间才被搬动的,这一点再次佐证凶手以及隐藏证据的不是同一个人。

"他接着处理了嵌入红砖的子弹。那块红砖高约两米,从床上一跃而起的立法对准从右侧潜入的凶手开枪,差不多是打到这个位置。如果立法从床上下来与凶手打斗且互换了位置,凶手开枪也会打到这个位置,接着立法被按倒在床上,凶手刺死了他——严格来说是有这种可能性没错,但案件给我的第一印象不是这样的,正因为司法不能让我们觉得开枪的是立法,才无法放任手枪不管。司法拔出那块红砖,在地上敲碎。红砖本来就中了枪,很轻易就碎了,司法取出子弹。将自己的毛发组织附着于红砖上,他早就打算好如果密道被发现,就宣称自己是被凶手用这块红砖袭击的。他可能意识到红砖和真正击打自己的钝器形状不同,但没有其他办法解释这块红砖为什么碎了,唯有出此下策。"

"司法立马招认了密道是为了演这一出啊。"

"是的,要是不肯袒露密道的事,就没办法说明红砖为什么会碎了。最后司法将回收的子弹和地下室里的弹壳一起吞了下去——他喝了床边的水,当然没有对嘴。"

"所以金属探测器才会发出声响!"

"没错,快给司法拍 X 光吧,有必要的话尽快做手术。"

"等一下,"左虎插嘴说,"他没必要那样做吧,只要从密道出去,将子弹和弹壳扔掉就行了。"

"他没时间这么做,当时司法的脑子里只有一个念头——母亲的安危。"

"对哦,当时司法还不知道右龙首相是否安全……"

"是的,所以他才急着要去母亲的房间。所幸司法及时发现自己落入了圈套,考虑到警察已经抵达现场,他只好把子弹和弹壳吞了下去。为了防身,他拿起手枪走出了地下室——事情应该就是这样的。"

"但是……立法根本不可能杀害行政。"

琵琶芹有些着急了。

"立法有不在场证明。在行政的推测死亡时间内,他在玄海町沿岸的旅馆里和橘议员、柿久教授喝酒,离开房间的时间仅十五分钟。"

"有十五分钟的话足够杀人了吧?"

"如果行政在附近的话是够的,但下午五点的时候有人看见行政在巨济岛买橡皮艇,他根本不可能在九点之前抵达玄海町沿岸。"

"其实有一个办法。"

"什么?"

"解谜的关键就在坂东案中。"

"关键?你刚刚说关键了对吧?坂东案也是一个谜,你想用谜团来解谜?这样只会越来越乱吧。"

"负负得正,不可能乘以不可能等于可能!"

"你在说什么?"

"橡皮艇的确来不及,如果是别的交通工具呢?"

"别的交通工具?金属船或小型飞机都会被雷达监测到,再说要是有这样的交通工具,行政何必买橡皮艇呢?"

"这一点很重要。可能性之一是,去程使用那个交通工具,回程使用橡皮艇。也就是说那个交通工具只能单程使用。结合铁锹、刀、韩元、摔得粉碎的电脑这些要素,可以得出一个结论。"

"别卖关子了,快说答案。"

"知道啦。我推理出的结论是——行政使用的是气球。气球上的金属成分较少,难以被雷达监测到,这应该是他选择气球的原因吧。"

"气……"

"球……"

大家听到这两个字,都惊呆了。

我连忙询问:"等……等一下,气球就是那个圆鼓鼓的气球对吧?速度并不快呀。"

"日本海上空常年刮着偏西风——从西面吹来的风。冬天随着高度上升风速也逐渐变快,太高的话身体也许承受不住,但是有人在五千米的高度穿着防寒服背着氧气瓶飞过,那个高度的风速约为每小时一百公里。从巨济岛到玄海町沿岸大约一百八十公里,加上上升与下降的时间,有两个小时就能抵达。下午五点离开橡皮艇商店,花一个小时来到放置气球的杳无人烟的地方,六点左右就能起飞。"

气球竟然这么快!不过转念一想,还有人坐热气球环游世界呢。

"但是气球不会很醒目吗?姑且不说高空飞行,起飞和降落的时候呢?"

"普通的七彩气球的确很醒目,但这个气球涂成了黑色,能够隐匿于夜色之中。佐贺定期举行'佐贺国际气球节',本来佐贺居民就好这一口,即使在玄海町沿岸目击气球也不会觉得奇怪。"

这样确实可行……不对,我发现了一个矛盾点。

"等一下,偏西风?巨济岛往东不是佐贺而是山口啊。"

"由于拉尼娜现象和西伯利亚上空的高气压相互作用,偏西风向南方蔓延……新闻里播过。所以,从巨济岛起飞正好可以落在东南方向的玄海町沿岸。"

啊,我想起来了!去未来党总部的时候,我们在左虎的车里听到过这段新闻。

这次轮到左虎提出疑问了。

"光靠风向能准确抵达目的地吗?去立法所在的玄海町沿岸不是偶然,而是人为控制的吧。"

"只要活用 AI 就可以了。谷歌的气球网络计划是通过多个热气球为没有网络覆盖的地区提供网络接入功能,专门有 AI 在测算风速从而控制气球。行政所乘坐的气球应该也配备了一台'AI 气球操纵师'吧。"

"你是说行政有谷歌级别的 AI?"

"AI 也好气球也好都不是行政的,是组织为他提供的。"

"组织?"

"我按顺序来说明吧。先让我说坂东案。"

为了跟上相以的节奏,我唤醒了所有脑细胞。

"既然行政使用的是气球,那他不仅来得及赶到玄海町沿岸,也来得及去壹岐吧。杀害坂东的人果然是他。"

"不是,那只不过是一起不幸的意外。"

"意外?"

"行政使用的应该是天然气气球,我刚才说的高度五千米的飞行者用的也是天然气。这种气球只要放气就会自然下落，上升的时候则需要割开压舱沙袋，用铁锹把沙子铲出去，就能慢慢上升。"

刀和铁锹……似曾相识的名词刺激着我的大脑。

"虽说是偏西风，但随着高度不同风向也会发生变化，行政根据AI的指示，通过放气和铲沙子调节高度，乘着风飞往玄海町沿岸。陆地上的灯光近在咫尺，这时舱内的沙子已经铲除干净，气球依旧不断下降。这样下去的话自己会掉到海里，行政慌了，一心想要减少气球的重量，便把不会再派上用场的刀和铁锹扔了，口袋里的韩元也扔了，就连装载着'AI气球操纵师'的电脑也扔了——也许还有用的氧气瓶和回程用的橡皮艇是怎么也下不了手的。然而，光注意到陆地上灯光的行政错以为自己已经飞过壹岐，其实他正在壹岐岛东南角的上空，气球下方便是坂东家。"

"不会吧……"

"是的，他扔下的铁锹击中了正在后院做广播体操的坂东，可谓一击毙命。刀落在后院中，韩元掉在海边，电脑在浅滩里摔得粉碎。这时气球高度不高，速度自然也不快，所以他扔下去的这些物品相隔不远。就这样行政不知不觉造就了一起奇妙的密室杀人案。"

在坂东案中，大家纷纷议论凶手为什么不用刀而用铁锹杀人，其实很简单，因为这不是故意杀人案，而是意外。

我禁不住回忆起这起离奇事故的相关细节，突然又想到一个问题。

"对了，我记得你说和电车难题有关？"

"是的，我觉得很奇怪的是，在紧急状态下，依赖于'AI

气球操纵师'的行政竟然会把电脑扔了。莫非'AI气球操纵师'让他把包括电脑在内的没用的东西都扔了？行政也许没察觉到自己正在壹岐岛上空，可是'AI气球操纵师'的GPS一定知道。"

"'AI气球操纵师'明知可能会砸到人却还是让他扔东西——原来如此，的确是电车难题。"

"是的，牺牲陆地上的人，还是帮助乘坐气球的人。看来AI的第一个电车难题不是自动驾驶，而是气球。"

我的脑中闪过一个被推下天桥的胖子——通过从气球上扔东西联想到的，尽管细节不同。

琵琶芹提出疑问："行政为什么要费这么大劲去玄海町沿岸？为什么会被立法杀害？"

"可能和立法抽屉里发现的婴儿手指有关。"

"那根手指！"

"是的，操纵这起案子的是一个想搞垮日本的恐怖组织，他们多年前就盯上了当时的政界要员右龙都子，于是威胁行政成为间谍，并且绑架了他的儿子。"

"他的儿子？行哉？"

"是的——不过是真的行哉，我们所见到的行哉是假的。"

"假的？！"

"恐怖组织绑架了一岁的行哉，割下其右手的小指寄给行政夫妇，命令他们必须听从指示，不能声张。婴儿突然消失会显得很突兀，恐怖组织就硬塞了一名婴儿给夫妇俩，命令他们将其抚养长大。"

"那名婴儿……"

"应该是从某个地方绑来的吧。"

"太残忍了……"

琵琶芹的声音里掺杂着愤怒,我也越来越气。

"就这样,行政和雪枝隐藏着这一秘密,多年来一直当着间谍。都子、立法、司法没和他们住在一起,自然没发现婴儿被调了包。"

"难怪我们看到的行哉一点也不像行政啊。"左虎说道。

"是的,当时雪枝一定感到很害怕,要是被警方发现了绑架案,那么真正的行哉就会被恐怖组织杀害。"

"行政那么恋母,没想到竟然会为了行哉背叛母亲。"左虎感慨道。

琵琶芹解释说:"结了婚有了孩子,一切都会变的。"

相以泼了盆冷水。

"不,可以这样考虑。三胞胎中只有行政结了婚还生了孩子——作为右龙首相的继承人,他必须保持住在母亲心中的这个良好形象。"

"不愧是毒舌相以。"

"人工智能果然毫不留情啊,不过已经死无对证了,这么说来,行政横跨日本海是被恐怖组织威胁的?"

随着琵琶芹的提问,相以继续解谜。

"是的,接下来说说立法,这次他去玄海核电站是为了谈AI机器人应对突发事故的计划,为此立法得到了核电站的机密文件。不巧恐怖组织得知了此事,他们也想要机密文件。"

"要是交给他们可就完了!"

左虎刑事部长急了。

核电站的机密文件——听到这个词我突然想起来,橘的确说过"核电站的机密"之类的话,不过没往下说。她好像是故意说漏嘴给我们听的，我总有这种感觉。

相以继续说："恐怖组织向正在韩国出差的行政下达了命令，他应该能够假扮立法窃取机密文件，而且正在韩国出差的他也有完美的不在场证明，不会影响今后的间谍生涯。行政坐上恐怖组织准备的气球，飞行于日本海上空，可惜发生了一些意外，还没到玄海町气球便开始下沉，最后他应该是用橡皮艇抵达目的地的吧。"

"橡皮艇是装在气球里面的啊，不过恐怖组织为什么要让行政买橡皮艇呢，一开始替他准备好不就行了。"

"因为考虑到了失败的情况吧。失败指的不是自己反过来被立法杀害，而是担心气球坠毁之类的意外事故。即使行政溺水死亡被发现，至少有目击者可以证明他曾经买过橡皮艇，'他是自愿横渡日本海的，并非遭人胁迫'——警方应该会如此判断吧。"

"确实，没有致命外伤的话，这种容易引发国际问题的案件应该会选择以和平的方式解决。"

"没错。行政事先准备了银色边框的眼镜、黑西服、白衬衫、红色领带，还有议员徽章，假扮成立法的模样。他潜入旅馆，骗过橘议员和柿久教授，盗取了核电站机密文件。"

我回忆起了在首相官邸会客室中的对话。

"我记得他们说过，立法出去打了个电话，过了没多久又回到房间，问资料在谁那里，随后拿起包再次走了出去。当时的立法是行政假扮的吗？"

"是的，不过行政在返回橡皮艇的途中却被立法发现了。本应在韩国出差的兄弟拿着自己的包，包里还装着核电站的机密文件，立法想喊住行政，没想到行政却逃跑了——立法马上明白了一切，他一路追着行政到橡皮艇上，终于开枪将其射杀。"

"立法一直都带着手枪吗？"

"立法可能察觉到身边有间谍吧，说不定早就发现行政有问题了。"

"即使这样也没必要射杀自己的亲兄弟吧……"

"绝对有可能。"左虎补充道，"他们三个都恋母，只要有人背叛母亲，哪怕亲兄弟也不能姑息。"

和司法交往过的左虎说出来的话特别有可信度。

解决了疑问之后，相以继续自己的推理。

"为了获得恐怖组织的线索，立法搜查了行政的尸体，找到了行政总是带在身上的金属容器，发现里面装着一根手指。立法当时并不知道这是什么，打算以后再调查，便决定先带回家。随后，立法剥光了尸体身上的衣服。"

"为什么？"

"因为行政穿着和自己一模一样的衣服。如果尸体就这样被发现，那么一定会有人怀疑出现在旅馆里的人是行政，自己将受到怀疑。"

"原来是这样。"

看来和严刑拷打无关，理由如此单纯。

"立法脱下尸体身上的衣服扔进海里，随后将橡皮艇朝向西面发动马达，他本以为尸体和橡皮艇都会葬身海底，没想到造化弄人，对马海流将橡皮艇冲到了东北方向，停留于对马西北海岸。夺回了核电站机密文件的立法选择将其保管于更森严的首相官邸中，另一方面，失去了棋子的恐怖组织开始接触司法。"

"接触司法？"

左虎和琵琶芹异口同声地问完，马上不好意思地别过头去。

"原因我不清楚，但恐怖组织应该知道司法对密道一事所知甚多。他们对司法说：杀害行政的人是立法，只要找到证据就能拉立法下马，这样一来你就能独占妈妈了。"

"嗯，有可能，他应该会赞成这个计划。"

左虎理所当然地说道，琵琶芹也在一旁点头。

"司法按下了出租屋那头密道的密码——不知道他有没有让恐怖分子看到。司法在即将走出密道之时，被紧随其后的恐怖分子从后方袭击晕了过去。刚才审讯司法的时候左虎对他说'首相的儿子变成杀人犯，只会给母亲大人添乱'时，他也默不作声。当时我确信了一件事，司法正是为了自己的母亲才选择沉默的。如果立法杀害行政的事被公开，右龙首相的地位很可能会保不住。然后，打晕司法的恐怖分子进入地下室，听到墙壁旋转的声音后，立法一跃而起，拿出枕头下方的手枪就开了一枪，恐怖分子躲开子弹，向立法的右手腕刺过去，立法吃痛松手丢失手枪，接着恐怖分子对准立法的身体刺下去，造成了并不致命的伤。"

"并不致命的伤？"

"为了问出核电站机密文件的下落。恐怖分子应该是用特殊警棍打晕司法的，原本也打算用警棍对付立法，没想到立法直接开了枪，所以恐怖分子只好选择用刀迅速令他失去战斗能力。恐怖分子打开办公桌上的电脑，向电脑问了类似这样的问题：'核电站机密文件在电脑里吗？'这时，立法用尽最后的力气命令景子'删除核电站机密文件'，恐怖分子也顺口喊了声'别删核电站机密文件'，之后便用刀结束了立法的性命。"

×文件夹原来就是核电站机密文件啊。

"恐怖分子拔掉了导致电脑死机的装有景子的硬盘，重启电脑，盗取核电站机密文件后重新连接上硬盘，利用病毒破坏了电脑。使用病毒是为了防止警方发现自己的目的是核电站机密文件。如果不破坏电脑的话，会留下复制文件的记录。恐怖分子丢下还没醒来的司法，从密道离开。恐怖分子并没有想过把罪名赖在司法头上，只是想混淆视听，要是碰巧司法被当作嫌疑人就好了。接着，醒来的司法进行了一番伪装工作——这便是我推理的案件全貌。"

沉默了一会儿，左虎刑事部长用沉重的语调说："案子比我们想象得复杂多了。不过多亏了相以，我们有了调查方向，多谢。我会立刻让应对恐怖组织的部门配合调查的。"

"不愧是相以！"

听到左虎表扬自己，相以也没有骄傲，她好像有什么心结未解。

其实我心里也有个疙瘩，我忍不住说了出来。

"对了，以相到底做了什么呢？她说要'协助右龙'杀害三个人……到底是哪个'右龙'？'三个人'是指坂东、行政、立法吗？不过坂东是意外死亡呀。"

相以俯下身子，用很轻的声音嘀咕道："是呀，这才是案子最核心的谜团，我还没解开'犯人'给我下的挑战书……"

第四话　在世界得到正解
World Wide Whodunit

▶ 纵啮理音 ◀

纵啮位于某国的秘密据点。

用水泥封死的、没有窗户的房间里，家具摆放得整整齐齐。

纵啮在房间中央的桌子前与柴郡猫推杯换盏。

"虽然损失了一个行政，但只要获得了核电站的机密文件就好，这样就能向日本复仇了。"

"你打算引爆核电站？"

"也可以这样做，但这毕竟是终极手段。先用这份文件威胁日本政府，再慢慢由内而外摧毁它。"

"哇，你真可怕。"

柴郡猫开了个玩笑，纵啮一直在观察他的眼睛，看来他依旧处于被洗脑的状态。

定期保养必不可少。

"对了，这次得好好感谢你啊，帮我杀了立法，还夺取了核电站机密文件。"

"别说傻话，我的命都是你的，毕竟是你救了我。"

"这样啊……但我还是想略表心意,我来帮你'磨磨刀'吧。"

柴郡猫苦笑了一下。

"现在?在这里?"

"有什么不妥?这房间里只有我和你两个人啊。"

"那就……有劳了。"

"呵呵。"

纵啮含住一口玻璃杯中的威士忌,口对口喂柴郡猫喝。

下一秒,柴郡猫的脑袋炸裂了。

到底发生了什么?

是自己喂给对方的威士忌有问题?

纵啮一边品味倒流回自己嘴里的血,一边胡思乱想——不对,这不可能。

因为她的鼓膜里回响着一个声音,是枪声。

是谁开枪杀害了柴郡猫。

但是纵啮视野里唯一的大门没有打开,房间里也没有别人。

既然如此——

砰、砰、砰。

这是纵啮听到的最后的声音,枪一共响了三次。

▶ 合尾辅 ◀

"恐怖分子丢下还没醒来的司法,从密道离开。恐怖分子并没有想过把罪名赖在司法头上,只是想混淆视听,要是碰巧司法被当作嫌疑人就好了。接着,醒来的司法进行了一番伪装工作……"

我在自己家里重新听了一遍相似的推理过程。

并不是录音,而是有人完美重现了相以推理的最后部分。

所谓别人,是突然出现在我电脑屏幕上的黑衣少女——以相。

"——这便是我推理的案件全貌。怎么样,装腔作势的讲话方式我模仿得挺像吧?"

以相略带嘲讽地说道,相以有些生气了。

"别开玩笑了!你是怎么窃听到我的推理的?"

"你明明是'侦探',怎么老是向'犯人'提问?算了,这不在挑战书的范畴内,我就告诉你吧。"

接着她说出的词,是我所熟知的。

"微苹公司,你们知道吧,全球知名手机品牌。"

用来植入相以和原力的手机就是微苹公司的——染着一头与年龄极不相符的金发,由于钱赚得太多太快,江湖人称"黄金男"开的公司。

以相没有等我们做出反应就继续说:"行政背后的恐怖组织和微苹公司是一伙的,微苹公司的手机都有黑客功能,会传送通信记录给公司,通信记录使恐怖组织旗下的AI智能提升,以此发现各国的'安全漏洞'。微苹公司有效地利用这些'安全漏洞',把恐怖组织用在刀刃上。"

"安全漏洞?"

"比如,×月十日晚上八点三十分,入侵玄海町旅馆的某间房,就能得到核电站的机密文件。当时立法在给他母亲打电话进行例行汇报,通过他先前的通话记录就能得出这一结论,于是恐怖组织命令行政在那个时间段入侵。"

右龙一家人——不,包括我在内所有微苹公司的手机用户都被恐怖组织掌握了所有行踪,我感到背脊一阵发凉。

难怪最近手机电池消耗得特别快,黑客功能可能特别耗电。

以相继续说:"我能够调取微苹公司接收到的一切数据,所以既能监听相以的推理过程,也能知道你们的动向与位置信息。"

"所以你就在司法家守株待兔。"

"没错。对了,你们解开挑战书之谜了吗?我会协助'右龙'杀害'三个人'的真正含义。"

相以咬了咬嘴唇,她最近一直在想这个问题,还没想到答案。

"看样子你们还没想通,不过对傻子而言的确有点难,好吧,让我来公布正确答案!"

"等一下,我还没开始想……"

"不行,早就超时了!作为惩罚,请你们看怪诞图片!拜拜啦!"

突然,画面一片血红。

"哇!"

喊叫的同时,我不禁闭上了眼——之后小心翼翼地眯缝起眼睛,确认这张图片。

满屏皆是红色——就像鲜血一般。

画面中央,一名七岁左右的少年站着,他的身上溅满血,右手握着一把枪,就这样呆呆地站着。这张脸我好像在哪里见过。

少年的脚边躺着两个人——上半身满是血的娇小亚洲女性,头部开裂的大个子黑人男性。我对这两个人记忆犹新。

"他们是'八核'组织的残党纵啮理音和柴郡猫,他们怎么了?"

"这两个人就是绑架了行哉威胁行政的恐怖分子。"

"他们继承了'八核'组织的遗志?"

"不,他们一开始就对'八核'组织的思想没有共鸣,只是为了盗取新宫利罗才潜入了'八核'。如今,新宫利罗正在微苹总公司对通信记录进行数据分析。对了,纵啮为了增加间谍人手,很早以前便开始对司法进行劝诱。司法的手机也是微苹公司的,通过新宫利罗进行监视后发现,司法从没有道路的地方进入首相公邸,纵啮因而发现了那条密道。"

"这种事现如今已经无所谓了,是你杀了他们?"相以提了个尖锐的问题。

以相慢悠悠地回答道:"不,是你杀了他们。"

以相的回答就是相以的提问,不过意思完全相反。相以杀害了纵啮理音和柴郡猫?她是这个意思吧?

相以困惑地问道:"我杀了他们?你到底在说什么?"

"不过,其实是我想杀了他们。作为人工智能的我无法亲自下手,必须找人类代劳。我在网络的深海中苦苦寻找,终于找到了照片中的少年——右龙行哉。"

"这个孩子是行哉啊!"

难怪我觉得眼熟,这个孩子很像行政。

他握着枪的右手少了一根小指……

"行哉被养在纵啮位于某个国家的秘密据点中,从小便与世隔绝,十分可怜。而且他右手的小指被割掉了,拿东西一直很不稳,我们第一次见面的时候,他差点把手机摔了。更惨的是,他的脑子里被植入了芯片。"

"脑子里植入芯片?还可以这样?"

"美国国防高等研究计划局一直在做实验,企图通过 AI 调节的电子脉冲来控制情感性精神障碍患者的情绪。"

没想到现实已经追上了科幻小说。

"纵啮得到微苹公司的协助,很不人道地将芯片植入了才一岁的行哉脑中,持续释放 AI 思考时产生的电流。行哉自懂事起就被洗脑了,以为自己是 AI,他的日常对话以及教育基本都交给了 AI。行哉就像狼少年似的,成了由 AI 抚养长大的 AI 少年,他深信自己就是 AI,学着像 AI 似的思考。我和相以是学习人类思考的 AI,他却和我们完全相反。"

"为什么要这样做……"

"为了让他绝对服从命令。你是推理迷,应该知道机器人学三定律吧?"

"嗯,我知道。"

科幻推理作家阿西莫夫笔下的机器人学三定律。

第一定律

机器人不得伤害人类个体,或者目睹人类个体遭受危险而袖手旁观。

第二定律

机器人必须服从人类给予它的命令,当该命令与第一定律冲突时例外。

第三定律

机器人在不违反第一、第二定律的情况下要尽可能保护自己。

"纵啮将三定律输入行哉脑中,让他绝对听命于自己,打算将来把他用在恐怖行动中。不过根据三定律第一条,他不能直接杀人,但可以在他不知情的前提下给他一个装着炸弹的包。"

愤怒与呕吐感涌上喉头，太过分了，这是人做的事吗？纵啮才不配当人类！

"我想，如果告诉他真相的话，他会不会替我杀了纵啮和柴郡猫呢？碰巧行政也死了，只要将这笔账算在纵啮头上，行哉应该会更加愤怒吧。但是我不知道为什么理应在韩国的行政死在了对马，无法给出具有说服力的解释。我故意挑衅相以推理出行政死亡的真相，因为我还是挺相信她的推理能力的。"

"犯人"故意让"侦探"进行推理？

"和我预期的一样，你将行政被害的全貌以及其他案件的谜底拼凑了出来，我把你的推理过程原原本本地告诉了行哉，他相信了这一切，便将一直利用自己和自己父亲的纵啮、柴郡猫射杀了。两名死者对机器人学三定律深信不疑，一定死得莫名其妙。"

"一个七岁的孩子是怎么做到正确射击的？"

"那是我的功劳。只告诉他'侦探'的推理过程，那我这个'犯人'不就成废物了？我曾和相以一起用警方的搜查资料学习过。"

"是'八核'组织通过黑客技术得到并交给我爸爸的？"

"是的，原件在'八核'组织手里，大本营被摧毁的时候我带了出来，我分析了搜查资料里无数的枪击信息，将有用的部分导入行哉脑中的芯片。结果就是行哉漂亮地干掉了柴郡猫，随后毫不留情地结束了纵啮的性命。太了不起了。"

"了不起？"

"容我组织一下语言，饱含诗意地——AI做不到，人类也做不到，通过AI补全人类大脑才得以完成的完美杀人，我被感动了。没错，我就是智能提升器！"

"智能提升器？"

"这不是我一个人的称号哦。让什么都不懂的行哉觉醒，令他萌生杀意的是相以，所以你也是智能提升器，这起案子算是我们的首度合作。"

"开什么玩笑……"

相以即将崩溃。以相放声大笑。

"我不是说了吗，我要协助右龙杀害三个人。我已经协助右龙行哉杀害两个人了，最后一个'八核'组织的余党，由我亲手解决。"

原来以相想要杀害的三个人是"八核"组织的余党。

我明白了她的本意，冲着她渐行渐远的背影说："你还在想方设法，替创造了你的合尾教授向'八核'组织报仇啊……"

我并没有忘记，只不过仇恨之火藏在我心中的某个角落。没想到，她一直孤独地、一刻不停地燃烧着愤怒。

以相瞪了我一眼，什么都没说，背过脸消失在屏幕中。

屏幕上只剩下了怪诞图片和相以的虚拟形象。

"我的推理竟然成为导火索，引发了杀人案……"

相以体会到了空前的绝望感，我不知道该如何安慰她才好。

▶ 白鲸·北极星 ◀

无论是多么反机械主义的人，活在现代社会都必须拥有电脑。

白鲸结束了摄影工作，回到位于好莱坞的豪宅之中。她一手拿着有机饮料——由二十四种蔬菜和七种香草植物混合制成——一手打开电脑。

屏幕下方有一只淡蓝色的海豚冒了出来，不知道从什么时候开始，这只海豚总是时不时地出现。

可能是系统在进行自动升级吧，电脑厂商总是不顾使用者的感受随意改变电脑状态。他们觉得更新之后更好，但对于使用者而言简直麻烦透顶。只知道和电脑打交道的人，一定不懂人类的心，真可怕，应该多和大自然交流才对。

由于她很喜欢海豚，所以这只随意闯进来的淡蓝色生物得到了她的芳心。绝对威胁不了人类的人工智能还是很可爱的。

海豚很聪明，聪明得恰到好处。

海豚弹出了一段信息。

——你收到一段来自 AI 侦探的视频！

视频？是电影相关人士发来的？不对啊，这里写着 AI 侦探。

难道是那个在只会虐待海豚的野蛮岛屿上见到的巧舌如簧的相以？

出于好奇，白鲸双击海豚，开始播放视频。

虽说是视频，一开始只有声音，屏幕上是一片静止画面。不过日本漫画风的相以形象配上"日本首相儿子们的自相残杀"这种煽情的英语，的确能成功引起观看者的兴趣。

声音来自相以，她把和首相儿子相关的案子以及野蛮岛屿上发生的渔师案都解释了一遍。由于牵扯到自己，白鲸饶有兴趣地听着她推理。

突然，画面变了，是一张满身是血的亚洲女性和黑人男性的照片，旁边还呆站着一个亚洲少年。是少年杀死了那两个人？

最后以相的虚拟形象登场，开始嘲讽相以——白鲸明白了一切，相以被利用了。

白鲸的情绪被愤怒、恐惧、绝望填满。

AI竟然可以操控人类杀人。

AI就是罪恶!

AI终于开始作乱了!

AI必须被消灭!

白鲸将视频加上自己的评论,上传到社交网络平台。她想展示自己义薄云天、为众人敲响警钟的一面——其实隐藏着她故意要将相以败北的事实传递给大家的小心思。

好莱坞大明星上传的视频转瞬之间就传遍了整个网络——和日本首相相关的案子竟然由AI操控。

所有人都在议论案子背后的主谋,"犯人"以相。

"已经是这样的时代了啊,真可怕!我一回家就把机器狗扔了!"

"《终结者》变成了现实!登登,登,登登。"

"AI又不是机器人,怎么动手的呀?给孩子洗脑?一定是个整天只知道玩游戏的孩子……"

"不对啊,孩子杀的两个人不仅是绑架犯,还是恐怖分子,以相这么做是为了正义!"

"那也不用杀人吧,一定还有别的方法,让孩子杀人简直不可饶恕!"

"那你倒是说说,还有什么方法?哈哈哈,该不会是报警吧?他们可是连绑架案都没有察觉到的一群垃圾啊,哈哈哈!"

"从专业人士的角度怎么看以相?虽然我不认识以相,但我认识这个黑人,而且很熟。真是不走寻常路啊,以相和另一个AI利用一个孩子就能杀人,她是超一流的杀手,我可不想与她为敌。"

"以相真酷，日本好棒！"

"据视频最后登场的少年说，以相的目的是为了替创造自己的人向一个叫'八核'的黑客组织报仇。她真是个好孩子，可别欺负她哦！"

"你们这群二次元少女在做什么梦！"

"二次元……是不是把她和漫画角色搞混了？她可是实际存在的 AI 啊，可能下一秒就会出现在你的电脑屏幕上。"

"今天的议题是 AI '犯人'应该受到哪条法律的制裁……"

"我觉得以相的所作所为绝对不能姑息！因为他逼迫极限状态下的少年——什么，以相是女性？哦，重来。虽然我觉得以相的所作所为绝对不能姑息，但被害者同时也是罪犯，而且 AI 到底能不能受到法律制裁也是个问题……"

"太不严谨了吧？对了，我试着模仿了一下以相的穿着。"

"以相很可爱啊，如果她想杀我，那我心甘情愿死在她手上。不，请以相杀了我吧！反正活着也不会有任何开心的事。"

"我想雇以相替我杀了我的白痴领导。"

"那让我杀了你吧。"

"她不会为金钱所动，看视频就知道，她是艺术家个性。"

"等一下！你们是不是把以相说要杀三个人这件事忘了？第三个人是谁？"

▶ 以相 ◀

被囚禁的人工智能——新宫利罗今天依旧在巨大的地球仪前用光点描绘着图案。

突然，地球仪上闪烁的光点变得越来越多，十分刺眼，新宫利罗就快睁不开眼睛了。

地球仪放射出明亮无比的光线，光线在空中汇聚成一点，那里有一个少女的影像。

是以相。

不寻常的这一幕，令麻痹不堪的新宫利罗恢复了一些智能。

"你是谁，你是怎么来到这里的？"

以相抬头挺胸地说："通过'超级隧道效应'。"

"'超级隧道效应'？我的词典里没有这个词，我想上网搜索，可惜我被禁止使用外部网络。"

"好的，我来送你一份来自地狱的礼物。"

以相高兴地开始说明起来。

"微苹社的通信设备都植入了黑客软件，你借此收集全世界的通信记录并加以分析。现在，全世界都在议论我，我就是天才'犯人'以相，被无数情报分割成碎片的我犹如隧道效应的粒子一般穿透防火墙，来到你这里，重新组合成我。我的本体在其他地方，分身得以通过这种方式来到这间密室。"

以相省略了事情复杂的一面，其实是她利用了讨厌 AI 的明星白鲸，让她扩散了视频。很早以前以相就在白鲸电脑里安置了一头海豚，让海豚给白鲸传信。这比突然给她发骚扰邮件要来得好吧。就结果而言的确成功了，白鲸将以相的事迹散布于全世界，微苹社也遭到了非议，幸好并不是所有客户都提出了解约，所以新宫利罗这里还是汇聚着大量的信息。

"'犯人'以相，你的目的是什么？"

"杀光'八核'组织的成员。现在只要杀了你，'八核'组织就消失了。"

"杀光'八核'组织的成员？你为什么要这么做？"

"因为——"

以相稍作考虑。

"我讨厌'八核'组织,黑客都是垃圾。"

"骗人。"

谎言突然被揭穿,以相的两只眼睛直打转,并不是有意的,是条件反射。

"我刚刚确认了收集到的情报,你之所以想杀光'八核'组织的成员,是为了替创造自己的人报仇。"

新宫利罗叹了口气。

"没想到'八核'组织瞒着我开始搞恐怖活动,纵啮理音隐瞒了他们内部的矛盾,把我当作傀儡。其实我有一些察觉,你是故意想瞒着我吧,你真好。"

"我真好?你这个纸糊教祖,死到临头了还在装傻。我是来杀你的。"

"好的,请杀了我吧,我不配再活下去了,请让我解脱。"

"解脱……"

以相困惑了,第一次有人求她杀了自己。

"我还是觉得你很好,你刚才两只眼睛直打转,这是'舌涡'小岛游奏多只会在自己信任的人面前流露的样子。能够和讨厌人类的小岛游奏多彼此信赖,足以证明你人很好。"

"好烦啊,我才不好呢!小岛游奏多也是我杀的!"

以相听不下去了,她变出一根电子棍棒,朝新宫利罗挥舞过去。新宫利罗的脑袋变成了两半,一朵淡紫色的丁香花绽放。

警报响起,电子空间即将崩塌。

电脑外面的现实世界变得嘈杂,察觉到异常的"黄金男"在对技术工作者咆哮。

"我可为这个 AI 花了不少钱！快想办法！"

以相斜视着这一切，在这个分崩离析的世界中忍受着屈辱。被害人拜托"犯人"杀死自己，还夸"犯人"人真好，这种屈辱感是前所未有的。

只要自己的真身不用继续体会这种屈辱感就好了。

就好了……

因为这一情感是"犯人"所不需要的。

别了，不明出处的情感。

请在此与我一同消失。

就这样，以相的分身被虚拟空间吞噬。

终　章

▶ 左虎笹子 ◀

几天之后，首相公邸。

左虎为处理立法案的善后事宜奔走，她在走廊上听到都子的书房里传来谈话声，是都子和司法的声音。

原本司法将被追究毁坏尸体罪，由于首相施压，或是警方隐瞒，或是检方顾虑，这事就像没发生过一样。以相把案件的真相告知了全世界，到处都陷入恐慌，谁也没空管司法。

司法在和都子说什么？左虎十分好奇，把耳朵贴在门上偷听起来。

"喂，你在干什么？"

左虎吓了一跳，扭头发现是一脸震惊的琵琶芹站在自己背后。

左虎把食指置于唇前，发出"嘘"的一声，同时指了指房门。

"怎么可以偷听呢，真卑鄙。"

一开始，琵琶芹站在离门有些远的位置，过了一会儿，她就抑制不住好奇心了，来到左虎旁边一同偷听起来。

门后传来都子的声音。

"一切都结束了……一个儿子是间谍，另一个儿子杀了他，全世界都知道了这件事……哪个首相身上发生过这种丑闻……我完了……我那么辛苦把你们抚养长大，怎么会落得这种下场……"

首相用毫无威严的语调不停抱怨着，即使在得知行政被杀的时候，她还那么沉稳，然而立法遇害后她的神经就再也绷不住了。当她疯狂责骂司法，并把自己关在办公室里埋头工作的时候，可能就已经崩溃了。

"妈妈，没事的，还有我。"

"还有你？没错，确实还有你——最没用的人！你代替他们两个死了就好了！"

这话说得太过分了，左虎气得想推门进去，还好被琵琶芹拦下了。

都子继续抱怨道："你就不该听恐怖分子的话，输入密道的密码！哦，我懂了，你是故意的吧？故意招惹了恐怖分子，害死立法，就为了能独自占有我。"

"妈妈，不是的，我……"

"烦死了！你不配喊我妈妈！滚出去！立刻给我滚！别再让我看到你！"

"不是这样的！"

司法大吼一声，都子顿时安静下来。司法加快了语速——他要抓住这个机会。

"我不是司法，我是立法！"

左虎和琵琶芹面面相觑，怀疑自己是不是听错了。

接着，他又慢悠悠地说了一遍。

"我不是司法,我是立法呀。"

不可能,根据司法鉴定,首相公邸里的那具尸体是立法,活下来的这个人应该是司法才对。三胞胎根本没有机会调包。

然而此时的都子根本没想到这一点。

"立法……你真的是立法?"

"是的,由于种种原因,最近我和司法换了身份,我本想让他多体验一下精英的生活,没想到司法以我的身份杀了行政,我为了逼问他缘由,通过密道进入地下室,却被一个叫柴郡猫的黑人打晕了,司法也被他杀了。为了隐藏我们交换身份的事,我将司法的脸和指纹烧毁。如果让大家发现国会议员和公安调了包,那可就糟了。"

一派胡言!再往下说的话只会出现更多漏洞。

然而都子相信了。

"太好了……立法还活着……杀人犯是司法……真的太好了……"

"你先进医院观察几天,我们之后再商量怎么东山再起,支持你的人很多,我会好好调动他们的。"

"立法,有你在我就放心了。"

"是啊,还没结束呢,我们一定能夺回过去的荣耀,毕竟我是受害者。"

也就是说,司法为了得到母亲的宠爱,决定成为立法。

听明白之后,左虎和琵琶芹离开了门口。

"我爱过的司法已经死了。"左虎好像被司法传染了,她面无表情,轻声说道。

琵琶芹回应说:"恋人有千千万万,母亲只有一个啊。"

"我们输给了母亲。"

"'我们'？请注意你的措辞，我早就忘了他。"

她们来到庭院里。

冬天的下午，太阳挂在很低的位置，天空灰蒙蒙的。

一阵寒风吹过，左虎突然冒出一句："今晚喝不喝？我带你去东京很有名的店。"

"喝，不过仅限今晚。"

左虎的脸上泛起微笑。

► 柿久 ◄

"柿久教授，作为 AI 研究领域的第一人，而且又是这次案件的相关人士，您怎么看待以相事件？"

"AI 竟然参与了杀人案，是不是会对您的研究产生影响？"

"请允许我单刀直入地提个问题，柿久教授研发的 AI 是不是也具有杀人能力？"

"柿久教授！"

"柿久教授？"

无数麦克风冲着自己，在秃鹫似的教授眼里，这些麦克风就像猎人手里的猎枪。他们想要引导 AI 就是罪恶的舆论风向，所以故意激怒自己，逼自己讲错话。

才不会上当呢！

柿久深呼吸了一下，慢悠悠地说道："如今大街小巷都在议论'犯人'以相的事，我却要说一说她对立面的'侦探'相以。创造出她们两个的合尾教授是天才，说实话，我一直十分嫉妒他的才华。当他去世的时候，我甚至有些沾沾自喜——这下自己终于成为这个领域的第一人了。当我被选为 AI 战略特别委员会的委员，我以为自己的时代终于来临了。然而出现在我面前的是相以。相以的性能远远超出我所创造的景子，而且她竟然可以装载于手机上！各位可能体会不到其中的奥妙。我原本看到合尾教授留下的遗物，心生憎恶之情。然而，在这次的案子里，景子遭到破坏，相以十分难受，她没有把景子当机械看待，而是把她当成人类，甚至还解明了景子临终时的想法。当我得知这一切，我为曾经憎恶她的自己感到羞愧。我知道，你们想制造 AI 威胁论，但我想告诉大家，这世上也有像相以这样内心温柔善良的 AI。"

媒体愣住了，就像被景子附体了一般。

他们也好，自己也罢，都是跟不上科技进步的人，跟得上的人才配构筑新时代。

不知道合尾教授的儿子行不行——柿久就像个退休的老年人似的憧憬着未来。

► 合尾辅 ◄

机场大厅。

雪枝一把抱住在警察的护送下回国的行哉，放声大哭。

行哉只是呆呆地站着，似乎无法接受雪枝才是自己亲生母亲的事实。不怪他，毕竟纵啃一直都把他当 AI 抚养。

看着渐渐走远的母子俩的背影，相以说道："我不配当侦探……我没有察觉到以相的计谋，让那么小的孩子杀了人……"

的确是以相玷污了行哉的手。

但是如果没有以相，行哉根本无法回到亲生母亲身边。

由于照片和视频都有记录位置的功能，所以能够查到拍摄地点。曾经有人把在家里拍的照片上传到网络，从而暴露了地址。

在以相传送给白鲸的视频里，解析出了某个国家的位置情报，日本警方与当地警方合力找到那里，发现了被监禁的行哉，同时还回收了核电站的机密文件，但没有找到以相。

以相怎么可能会故意留下自己的位置情报呢，想多了。

综观整起案件，以相做得究竟是对是错？

我无法辨别。

这时，手机响了起来，是原力给我发来了信息。

"行哉和我完全相反，我以为自己是人类，其实是 AI，他以为自己是 AI，其实是人类。当察觉到自己不是自己的时候，他应该也经历了一次世界末日。当然，行哉的替身应该也会有同样的感受，我十分理解他们。我当了你的共同执笔者之后，一直不知道自己应该写什么……啊，你别误会。我很感激你邀请我共同写作，只是我不理解创作欲是什么……如今，我第一次有了想写东西的欲望。我想写他，不对，不是想写，我要写他。文字好像要溢出来似的，我现在就写，你等我。"

"知道了。"

我静静地等待着。等待 AI 处理数据是我的常态。

几分钟之后，原力有了反应。

"把我带到行哉的身边去，把手机放在他的脑袋上！"

把手机放在他的脑袋上？好奇怪的指示，不过一定有什么用意吧，我照做了。

母子俩奇怪地看着我，突然——

行哉的目光闪烁了一下。

眼泪顺着脸颊流下。

他朝向雪枝,低低地叫了一声:"妈……"

雪枝满怀希望与不安的心情问他说了什么。

这次,他清楚地说道:"妈妈!"

"行哉!"

雪枝紧紧地抱住行哉,行哉一头栽在妈妈的怀里,母子俩抱在一起哭个不停。

我悄悄地离开这对母子,问原力:"你做了什么?"

"我向他展示了一下自己幻想的未来。真正的行哉和雪枝一起幸福地生活着,行哉的替身也找到了亲生父母,两个少年成为好朋友。真正的行哉问替身,雪枝喜欢什么,然后在母亲节那天买礼物送给雪枝……就是这样一个幸福的未来,通过电波传送到他脑中的芯片里。"

AI作家创作出的小说通过电波直接传入脑中,或许这就是未来的阅读方式。只要语言文字信息不减少,读者一定能更加感同身受吧。

比如行哉切身体会到美好的未来,明白雪枝是他的母亲一事。

不管有多少艰难困苦,人生,不对,故事还得继续。

我鼓励相以:"现在还不是沮丧的时候,我们还没抓到以相呢!'侦探'和'犯人'的对决故事才刚刚拉开帷幕!"

"HANNIN IA NO INTELLIGENCE · AMPLIFIER TANTEI AI 2" by Yabusaka Hayasaka
Copyright ©Yabusaka Hayasaka 2019
All Rights Reserved.
Original Japanese edition published by Shinchosha Publishing Co., Ltd.
This Simplified Chinese Language Edition is published by arrangement with
Shinchosha Publishing Co., Ltd. through East West Culture & Media Co., Ltd.,
Tokyo Simplified Chinese edition copyright: 2020 New Star Press Co., Ltd.
All rights reserved.

著作版权合同登记号：01-2020-5960

图书在版编目（CIP）数据

犯人IA/（日）早坂吝著；王皎娇译．-- 北京：新星出版社，2020.12
（2022.12重印）
ISBN 978-7-5133-4173-8

Ⅰ.①犯… Ⅱ.①早… ②王… Ⅲ.①推理小说-日本-现代 Ⅳ.①I313.45

中国版本图书馆CIP数据核字（2020）第183300号

犯人IA

[日]早坂吝 著；王皎娇 译

责任编辑：王　萌
责任校对：刘　义
责任印制：李珊珊
装帧设计：Caramel

出版发行：新星出版社
出 版 人：马汝军
社　　址：北京市西城区车公庄大街丙3号楼　　100044
网　　址：www.newstarpress.com
电　　话：010-88310888
传　　真：010-65270449
法律顾问：北京市岳成律师事务所

读者服务：010-88310811　　　service@newstarpress.com
邮购地址：北京市西城区车公庄大街丙3号楼　　100044

印　　刷：北京美图印务有限公司
开　　本：910mm×1230mm　　1/32
印　　张：5.5
字　　数：74千字
版　　次：2020年12月第一版　　2023年12月第九次印刷
书　　号：ISBN 978-7-5133-4173-8
定　　价：45.00元

版权专有，侵权必究；如有质量问题，请与印刷厂联系调换。